宵闇の契り ～桃華異聞～

和泉 桂

幻冬舎ルチル文庫

CONTENTS ✦目次✦

宵闇の契り～桃華異聞～

宵闇の契り……5
あとがき……348

✦カバーデザイン＝清水香苗（CoCo.Design）
✦ブックデザイン＝まるか工房

イラスト・佐々成美✦

宵闇の契り

「見ろよ、莉英《りえい》だ」

男妓《だんぎ》の蔡《さい》莉英が茶店に腰を下ろして休んでいると、その華やいだ姿に目を留めた人々が自然と集まってくる。僮《どう》――妓楼《ぎろう》の遊妓《ゆうぎ》見習いで下働きをする少年は、どこか誇らしげに莉英に日傘を差しかけていた。

店が開く時間にはまだ早く、莉英を取り巻くのは、神仙《しんせん》が作ったこの遊里・桃華郷《とうかきょう》の住人ばかりだった。

「本当に、綺麗だこと」

「聚星《しゅうせい》がいなくなったら、次は莉英の時代だろうな」

外出のときは莉英は動きやすさを優先し、それほど着飾ることはない。長い髪は簡単にまとめただけで、装飾品も減らしていた。それでも、同系色の糸で花の柄が刺繍《ししゅう》された絹の衫《さん》――正装にあたる袖のゆったりした衣は上質のものだと一目でわかるし、宝玉を鏤《ちりば》めた簪《かんざし》が陽射《ひざ》しをきらきらと反射する。

ほっそりとした指や耳、首を彩る宝石はすべて、莉英が客たちに貢《みつ》がせたものだ。

莉英の髪は上品な淡い茶、星のような光を宿して煌《きら》めく瞳も同じ色合いで、黒髪に黒い瞳が多い陽都《ようと》の住人には珍しかった。

二重のつり上がった目。鼻筋はつんと高く、薄い唇が典雅な雰囲気を醸《かも》し出《だ》す。だが、その顔つきを権高に見せるのは、莉英の双眸《そうぼう》だった。

自慢の美しい顔をはっきり見せるために前髪を上げ、傲然《ごうぜん》と澄ました莉英は、人々の声などまるで聞こえていないかのように振る舞う。

「どこかの王族の出身みたいじゃないか」

「とても窯子《ようし》出身には見えないよ。変われば変わるもんだねえ」

彼らが口々に呟《つぶや》いたときに、人垣の狭間《はざま》から、転《まろ》ぶように一人の男が飛び込んできた。

「莉英……莉英……！」

無精髭《ぶしょうひげ》を生やし、目を血走らせた男。垢《あか》じみた衫《さん》は薄汚れており、清潔とはお世辞にも言い難い。

この郷では男娼《だんしょう》を男妓、娼婦《しょうふ》を妓女《ぎじょ》といい、それを合わせて娼妓《しょうぎ》や遊妓と呼ぶ。遊妓に入れ上げてどこかがおかしくなってしまう者は、この桃華郷において特別な存在ではない。色に溺《おぼ》れて道を踏み外すような人間など、それこそごまんといた。

「なぜ、会ってくれない？　前は三日と空けず、私に会ってくれたじゃないか」

「ご機嫌よう、朱《しゅ》の旦那。もう、用は済みましたから」

莉英は傲岸《ごうがん》な口調で答え、朱と呼んだ相手を一顧《いっこ》だにしなかった。

「用……とは……？　どういうことだ？」

「金の切れ目が縁の切れ目ということですよ、旦那」

ふ、と莉英は艶笑《えんしょう》する。

「金がない男に、この私を抱くことなどできるわけがないでしょう」

莉英は自分の胸に手をやり、芝居がかった口調で宣告した。

「この私──東昇閭《とうしょうりょ》の蔡莉英を抱きたいのであれば、相応に金を積む。それがこの桃華郷の決まりごと」

「金の亡者《もうじゃ》め！　窯子上がりの淫売《いんばい》のくせに！」

何十という妓楼が集まる桃華郷の中でも、最高級の妓院《ぎいん》として知られる『東昇閭』の売れっ子の男妓である莉英が、はした金で誰にでも躰《からだ》を売る最下層の店──いわゆる窯子《ようし》と呼ばれる『太白家《たいはくや》』の出身だというのは暗黙の了解だが、誰もが口を噤《つぐ》んでいる事実だった。

「畜生！」

激昂《げっこう》した朱は濁声《だみごえ》で叫び、右腕を振り上げる。野次馬たちは、彼が莉英に危害を加えるのではないかとはっと息を呑《の》んだ。

だが、背後から彼の肩を摑《つか》み、制止した者がいた。

「やめておきな」

胸板の厚い長身の青年は、低く落ち着いた声で告げる。

「何だと……？」

「莉英のせいで、身を持ち崩すことはない。莉英はあくまで遊妓、誰のものにもならないんだ。あんたは、あんたを誠心誠意愛してくれるような、身の丈にあった人間を選びな」

湖大我《こたいが》。

この桃華郷にある『金鏡楼《きんきょうろう》』の用心棒兼番頭で、腕っ節の強さでは一、二を争うと言われている男だ。客あしらいには定評があるだけでなく、その逞《たくま》しく男らしい風貌《ふうぼう》は特に妓女たちの人気を集めていた。鬚《ひげ》を生やし、彫りが深く造作は大振りだが、野性味を帯びた瞳には愁いが宿り、そこがたまらないと彼女たちは競って大我に抱かれたがった。

――大我……。

こうして久しぶりに顔を合わせると、何年も昔に戻った気がする。

あの頃《ころ》。

何の躊躇《ためら》いもなく、彼を「大我」と呼んでいた遠い日々に。

そんなことを考える莉英の胸が、微《かす》かに痛む。

「さ、悪いことは言わないから、これでおしまいにしな。故郷に帰る金が必要なら、日払いできる仕事先を斡旋《あっせん》してやれる」

穏やかな大我の声には、他者に対するあたたかな同情が籠《こ》もっている。

「さすが大我さんは優しいのねえ」

ほう、と妓女たちがため息をつく声が耳に届く。

「それに比べて莉英の意地悪なこと」

「本当に高慢ちきで嫌なやつだわ。ちょっと綺麗で芸に優れてるからって」

「いつか罰が当たるに決まってるわ！　さんざん貢がせて、男を食い荒らしてるんですもの」

「朱の旦那も、私のところに来れば、念入りに可愛がってあげるのに」

「馬鹿ねえ」

雀のように囀《さえず》る彼女たちの声が耳を擽《くすぐ》ったが、莉英にはどうでもよいことだった。

そう、大我は優しかった。いついかなるときでも。

笑いかけてくれた。髪を撫《な》でてくれた。可愛《かわい》いと言って、痩《や》せっぽちだった莉英の躰《からだ》を抱き締めてくれた。

――おまえは俺の相棒で、共犯だ。莉英、俺がおまえを一番にしてやるよ。

だけど、それらはすべて過去のこと。

自分を満たしてくれた大我と訣別《けつべつ》せざるを得なかったのは、莉英自身に原因がある。

二人の道は分かたれてしまった。

それが一つになることは、もう二度とない。

たとえ、どれほど奇跡を望んだとしても。

1

「おっきい門だなあ……」

北国である故郷の邑《むら》を離れて早幾日。桃華郷《とうかきょう》にやってきた十三歳の蔡莉英《さいりえい》は、大門を抜けて目にした光景のあまりの華やかさにぽかんと口を開ける。

街道を逸《そ》れた道を暫《しばら》く進み、桃華山《とうかざん》から流れる河にかけられた武門橋《ぶもんきょう》を渡ると、すぐに巨大な遊廓《ゆうかく》である桃華郷の壮麗な表門が見えてくる。朱塗りの大門には立派な屋根が載せられ、七色の旗が秋風にはためいていた。

大門の扁額《へんがく》には『慾界之仙都《よくかいのせんと》　塵寰之楽境《じんかんのらっきょう》』と彫り込まれ、ここが色町であることを端的に示している。門柱には、それぞれの大きさが幼子の身長ほどもあろうという、極彩色の四神獣《ししんじゅう》の彫刻が絡《から》まっていた。

四神獣とは、東の青龍《せいりょう》、西の白虎《びゃっこ》、南の朱雀《すざく》、北の玄武《げんぶ》。それぞれが天帝《てんてい》の命令に従って四つの方角を守護すると言われ、数多くいる神獣の中でも代表的なものだ。尤《もっと》も、神獣を見たことがある者は誰もいないから、これらは空想上の姿とされる。彼らがこの大陸・陽都《ようと》を守ってくれていると、人は誰もが信じていた。

「すごいなあ……綺麗な建物がいっぱいあるよ、兄ちゃん」

「本当だね、莉英」

三つ年上の兄の蔡青林《せいりん》は、おっとりと頷《うなず》く。

自分を連れて邑を出た長兄の青林は黒髪黒目の持ち主で、優しげな目許《めもと》をしていた。唇も紅く、まるで常に濡《ぬ》れているかのようだ。青林は端整で繊細な容貌で、莉英とは大違いだ。郷を出る前から髪を伸ばすように言われ、兄の髪はもうだいぶ長くなっている。

ここに来るまでの長い旅を示すように、二人の衣はぼろぼろだった。袖口が狭い衣服に、動きやすい短袴《たんこ》。革でできた沓《くつ》も、今やところどころに穴が開いている。荷物は互いにずだ袋と懐のわずかばかりの路銀だけだ。手も足も乾いた泥がこびりつき、この桃華郷には相応《ふさわ》しくない汚れ方だった。

「俺たち、汚くない？」

こそっと青林に話しかけると、先導していた女衒《ぜげん》が振り返る。

「ここに来る旅人は、皆こんなもんだよ」

ほっとした莉英は、勇気を振り絞って顔を上げた。

下を向いていては、この見事な街並みを目にできないからだ。目深《まぶか》に被《かぶ》っていた頭布《とうふ》を少しだけ上げ、莉英は外界をよく見ようとする。

無論、この腫《は》れぼったい目では視界がひどく狭く、桃華郷の全容などとても見通せない。それでも否応なしに目に飛び込んでくるのは、赤を基調とした建物の数々で、莉英はほうっと息をついた。

できればもっとよく見たいけれど、背が低い莉英では視界が不自由だ。心中で密《ひそ》かに焦《じ》れる莉英に気づいたのか、青林が一歩近づいた。

「ほら」

声をかけた青林は、莉英の両脇に手を入れて軽々と抱き上げる。そして、自分の頭の上くらいまで莉英を持ち上げてくれた。

「に、兄ちゃん!?」

動揺に、莉英の声は上擦《うわず》った。

「ね、見える？　莉英」

「……うん」

なんて華やかなんだろう。

朱色、紅色と、微妙に違う様々な『赤』で彩られた街並みは、自《おの》ずと人心を浮き立たせる艶《つや》やかさに満ちている。

言葉もなく、莉英はその情景に見入る。

莉英はまだ子供だけれど、その色の持つ効果はわかる気がした。何とも言えず、心が掻《か》き乱されるのだ。

本当に、綺麗だった。

自分の姿形が見苦しいのはわかっているが、だからといって、美しいものを闇雲《やみくも》に妬《ねた》んだり排したりするつもりはない。

寧《むし》ろ、きらきらとした綺麗なものは人の心を和《なご》ませると知っている。たとえばそれは、青林のような穏やかな美貌の持ち主にも言えるだろう。

「この時間ならまだ誰もいないし、よく見ていいんだよ」

「だけど……」

女衒は数歩先に佇《たたず》み、無言で二人のやりとりを見つめている。道中でも厳しかった彼だが、これくらいはいいと思っているのか、不満げな顔をしつつも口を挟《はさ》まなかった。

「ほら、もう一度」

いくら莉英が軽いといっても疲れたらしく、青林は莉英を一度地面に下ろす。そして再び莉英を持ち上げ、街の様子を長々と見せてくれた。

「本当にすごいよ、兄ちゃん」

故郷の邑は貧しくくすんだような色味で、家々は荒《あば》ら屋《や》同然で今にも崩れそうなものばかりだった。辛うじて組んだ土台に、壁に泥を塗りつけて何とかそれらしく見せたおんぼろな家ばかり。脆《もろ》い壁はすぐに崩れ、どこの家も何度も補修しなくてはいけなかった。そんな家で、莉英と青林はほかの兄妹《きょうだい》と育った。

それに引き替え、桃華郷は夢のようだ。

きっと夕刻になれば、色と欲にまみれた大人たちが行き来するのだろう。

「ごめんね、兄ちゃん。重いだろ？」

「そうでもないよ。莉英はあまり食事をしないから、もっと太ってもいいくらいだよ」

醜くて痩《や》せっぽちの莉英では力仕事もできないからと、家にいてもあまり食べさせてもらえなかった。それで、ますます痩せて貧弱になってしまったのだ。

「ありがとう」

地面に下りた莉英は礼を告げた。

「行こう」

「兄ちゃんは、いいの」

「……いいんだよ。知らないほうが、きっと幸せだから」

青林がどこか淋しげに笑う理由は、何となくわかる。今日から、兄はここで躰を売って生活するようになるのだ。

「でも」

そう言ったとき、さあっと一陣の風が吹きつけ、莉英の頭布を捲《まく》った。顎紐《あごひも》で結わえているので頭から外れただけで済んだが、一瞬、眩《まぶ》しいほどの陽射しをまともに受けてしまう。

莉英は自分の顔が露《あらわ》になってしまったことに気づき、慌ててもう一度それを被り直した。

「気にしなくていいんだよ、莉英。誰も見てない」

「俺が嫌なんだ。こんな顔……」

「莉英は可愛いのに」

優しく呟いた青林が、莉英の頬骨《ほおぼね》のあたりにそっと触れた。

「触るとうつるよ。俺の病気」

「平気だよ、莉英。もう何年、おまえと一緒にいると思う？」

青林は優しく言ってくれるが、莉英には身に沁みてわかっている。自分はひどく醜いのだということくらい。

莉英の顔を見た者が皆、驚愕《きょうがく》あるいは恐怖する一番の理由は、幼い頃かかった原因不明の奇病で爛《ただ》れた皮膚にある。腕や脚はそうでもないのだが、顔――特に額や鼻から上に、我慢できずに何度も掻きむしった痕《あと》が、大きな痣《あざ》のようにべっとりと残っている。誰もが羨《うらや》む色の白さも、莉英にとっては痣を目立たせ、痛々しさを増す原因でしかない。病痕《びょうこん》は赤黒く残り、どんなに洗っても薄くならなかった。そのうえ、なぜか瞼《まぶた》のあたりがいつも腫れ上がったように膨らみ、視界は常に不自由だ。

躰も同年代の子供たちよりは小さく、痩せぎすでみっともない。

こんな外見の人間が二人といるはずがないと誰もが口を揃《そろ》える、そこまでの異相だった。自分みたいに醜い子供を、血の繋《つな》がった親といえども可愛がるわけがない。おまけに、ここ数年来のひどい飢饉《ききん》で、誰もが食うや食わずというご時世なのだ。外見も見苦しく病気がちの子供なんて欲しくなかったと、誰もが思うことだろう。両親からも早く死んでほしいと望まれていたことを、莉英はひしひしと感じ取っていた。

ごめんなさい。自分の存在が、両親を悲しませてしまうことがとても苦しい。

せめて自分の顔が隠れるように肩先まで髪を伸ばし、前髪も長くしていたが、脂気《あぶらけ》がなくぱさぱさとした髪の煤《すす》けたような茶色は、よけいにみっともなかった。

……いったいどうして、天帝様は自分をこんなふうな容姿にしたんだろう？

兄妹は一人として、莉英のように見苦しい容貌ではない。寧ろ、青林のように美しい者ばかりだった。

二人の共通点といえば、雪国生まれで抜けるように色が白いことくらいだ。

青林が不細工な莉英と邑を出たいと言ったので女衒はかなり渋《しぶ》ったのだが、どうしても青林が欲しかったのだろう。最後には折れて、莉英込みで青林を買ってくれた。尤《もっと》も、莉英みたいな不細工で華奢《きゃしゃ》、貧相な子供の対価は、袋半分の銀貨でしかなかった。

米を三袋も買えばなくなってしまうような値段。それが、莉英の命につけられた価値だった。

無論、青林はもっともっと高い金額で買い取られたものの、それはそのまま、店の主人に対する借金となる。無事に年季が明けるまで勤め上げるか、あるいは主人が遊妓《ゆうぎ》を買い取るために払った金をすべて返すかしない限り、遊妓は絶対に自由にはなれないのだ。

「おい、何をぐずぐずしてるんだ。行くぞ」

少し離れたところに佇む女衒は、とうとう苛立った様子で、二人を呼んだ。

女衒は醜い莉英を目の仇《かたき》にしており、道中でもさんざん折檻《せっかん》された。これ以上見目が悪くなっては困るからと吐き捨て、腹や胸を殴った。

殴られ、蹴《け》られ、もう死んでしまうかもしれないと思った莉英を、青林は何度も庇《かば》ってくれたが、それにも限度がある。今も全身が青痣だらけで、少しでも動くと痛い。そのせいでよけいに莉英は後《おく》れを取り、ますます女衒を怒らせたのだった。

「たくさん建物があるね」

兄の気持ちが沈み込まないように、莉英は懸命に明るい声で話しかけた。

「ここは妓楼だけじゃなくて、食べ物屋や商店もあるそうだよ。この中で暮らす人たちも、いっぱいいるからね」

「そうなんだ」

飯屋や商店の外観はこれまでににぎやかな宿場で見てきたものと大差ないが、いわゆる娼《しょう》館《かん》——妓院《ぎいん》は違う。建物の一つ一つが、外観からして驚くほど装飾的だ。丹塗《にぬ》りの柱が目立ち、高欄《こうらん》や鎧戸《よろいど》にまで装飾の透かし彫りが施されている。よく見ると扉の取っ手に白鳥を象《かたど》った店もあり、その名の通りに『正鵠閭《せいこくりょ》』という文字が、看板に彫り込まれていた。

たいていは達筆すぎて扁額《へんがく》に書かれた店名が読み取れないのだが、とりわけ凝《こ》った意匠の建物は、この桃華郷で最高の格式を誇る『閭《りょ》』に違いない。

桃華郷では、店には独自の格付けがされている。遊ぶにはお金も時間もかかるが遊妓は教養と美貌を誇るという最高級の店が『閭』、高額ではあるがそこそこ気楽に愉《たの》しめる富裕層向けの『楼《ろう》』、そこからだいぶ落ちて庶民的で誰もが安い金で楽しめるのが『家《や》』と言われる。それぞれの店が自分たちの格に応じた名前をつけ、一目で店の格がわかるようになっていた。

そういう意味では、楼に買われた兄はさぞや将来が有望に違いない。買い取られたときの金額も予想よりずっと高く、莉英は誇らしさすら覚えた。

これで自分の見た目がもっとよければ、逆に、莉英が兄の誇りにもなれるだろうに。

自分だけは、そんなものにはなれないことが恨めしかった。

「大丈夫だ、莉英。俺がおまえを守ってあげるから」

愛しげに莉英の頬を撫で、青林は微笑《ほほえ》む。

「兄ちゃん……」

「桃華郷は仙人様の作った遊廓。おまえがいいことをすれば、絶対に仙人様の目に届く。そうしたらきっと、おまえの躰も治してもらえるよ」

「うん」

「頑張るんだよ、莉英。俺も一緒に頑張るからね」

「ありがとう、兄ちゃん」

——そうか。

彼が桃華郷に来ることにしたのは、おそらく、莉英のためでもあるのだ。仙人様のお膝元にいれば、いつか目に留まるかもしれない。顔だって、もっと綺麗なものにしてもらえるかもしれないのだから。

兄の心遣いが、改めて胸に染み入る。

青林は優しい。おそらく、可愛がっていた幼い妹たちにも、もう一生会えないというのに。

「ここが『銀釵楼《ぎんさいろう》』だ。一階が酒楼《しゅろう》になっていて、二階が男妓《だんぎ》の部屋だ。客はこちらの表玄関から、男妓や下働きは裏口から出入りすることになる」

男は面倒くさそうに説明する。

思ったよりも華やかな店で、建物を飾る彫刻も割と凝《こ》っている。女衒が道中に言っていたように、「楼の中でも中くらい」という表現は正しいのかもしれない。

裏口は人気《ひとけ》のない裏通りに面しており、こちらはどこか寒々しい。植栽《しょくさい》も枯れかかっており、表向きの華やかさとはまるで別だ。女衒が「ごめんください」と声をかけると、木戸が開いて中年の女性が顔を出した。

「おやまあ、着いたんだね。随分待ったんだよ」

キンとした金属質の声が鼓膜を打ち、刹那《せつな》、莉英はひやっとして首を竦《すく》めた。裏口から出てきた女性は髪を引っ詰めており、つり上がった目許と濃い白粉《おしろい》が、彼女をひどく険のありそうな性格に見せていた。

「これはこれは、女将《おかみ》じゃないか。わざわざお出迎えですかい」

女衒は揉《も》み手をしながら、ぺこぺこと頭を下げる。

「おや、こっちは上玉だこと。これなら、東昇閣の蘇聚星《そしゅうせい》にもひけを取らない男妓になれそうだ。けど……この子は何だい、こんなものを被って」

乱暴に頭に被っていた布を取った女将は、ぎょっとしたように目を瞠《みは》った。

「な、何だい、この汚い子は」

「青林の弟でさ」

「弟？」

漸《よう》く冷静さを取り戻した彼女は訝《いぶか》しげに目を細め、今度は莉英を頭の天辺《てっぺん》から爪先《つまさき》まで、無遠慮に眺め回す。しげしげと一頻《ひとしき》り観察してから、彼女は嫌そうに首を横に振った。

「まさか、これも買えって言うんじゃないだろうね」

「そのとおりで」

「嫌だよ、冗談じゃない。こんな子じゃあ店には出せないし、痩せっぽちで下男にもなりゃしない」

「ですが、青林が自分を売るときに、この子と一緒じゃなけりゃ嫌だって」

ふう、と女将はため息をつき、青林を見つめた。

「本当に、おまえの弟が一緒じゃなきゃ嫌なのかい。この子は病気だろ？」

「一緒という約束です。それに、病気はとっくに治っていて、うつりません。それはただの痕《あと》なんです」

「仕事を覚えるまでの弟の食費やもろもろは、おまえの稼ぎから引くよ。それでもかい？」

「それでも構いません」

青林はきっぱりと言い切った。

裏通りとはいえ店の前でのやりとりに、数少ない通行人が物珍しげに見ていく。

「言っておくけど、兄弟の情なんて持っているだけ辛くなる。邪魔なもんだよ」

「…………」

沈黙したのは、それは違うと兄が考えたためだろう。だが、真意を黙っていたのは賢い処世術に違いない。

「ま、それでも構わないのなら仕方ないね。お入り」

漸く銀釵楼の中に入ることを許され、二人は裏口から屋内に向かう。用意されていた室内履きに替え、建物の中に案内された。裏口は狭くじめじめしていたが、掃除は行き届いていて不潔ということはなさそうだ。

「今日は疲れてるだろうし、明日……いや、明後日から客を取らせるよ。まずは部屋を教えてやろう。……光陽《こうよう》！」

「はい」

玄関口に飛んできたのは細身の少年で、鼻頭に雀斑《そばかす》が浮いている。彼は狐のようにさも意地悪な目で、青林と莉英をじろじろと見回した。

「光陽は下働きだけど、この楼ではあんたより一年先輩になる。いろいろ教えてもらいな」

「わかりました。これから、よろしくお願いします」

青林がぺこりと頭を下げたので、慌てて莉英もそれに倣《なら》う。その光景を、光陽は何も言わずに見つめるだけだった。おそらく彼は、これまでに何度もこうした情景を見てきたのだろう。女将に莉英の外見を説明されても、彼は何の感慨もないとでも言いたげだった。

「こっちだ」

青林は男妓となるので、二階にある個室に案内された。青林の部屋は北向きで狭かったが清潔で、彼は少しほっとしたようだ。男妓は自分に宛《あて》がわれた部屋で生活し、そこで客を取るため、莉英と一緒に暮らすことはできない。階段を下りた莉英は、裏口から入ったところにある大部屋へ連れて行かれた。

「うわっ、何だよ、この汚い餓鬼」

すれ違いざまに声をかけられて、莉英は竦《すく》み上がった。しかし、初対面で頭に布を被ったままでいるわけにもいかないので、埃《ほこり》で薄汚れたそれをぎゅっと握り締める。

代わりに光陽が、莉英の外見について説明した。

「口も利けないのか？　ああ？」

青年は莉英のような人間が嫌いなのか、声が刺々《とげとげ》しい。

「り、莉英です」

「莉英？　どう書くんだい？」

字が書けない莉英は、母親が村の役人に書いてもらった紙を懐から出す。莉英が生まれるずっと前に偉い占い師が決めたという名前は、響きがたいそう美しかった。

「はっ、名前負けしてやがる」

彼は吐き捨てるように告げると、光陽を見やって口を開いた。

「こいつの布団は一番端だ。いいな？」

「はい」

桃華郷――ここが、この先の自分の住処《すみか》となるのだ。

いにしえより天帝と神獣に守られしこの大陸は、聳《そび》え立つ天威山脈《てんいさんみゃく》によって中央で二分され、莉英たちの住む東半分を陽都六州、西半分を月都《げっと》六州という。

国生みの頃には陽都には文字どおり六カ国しかなかったが、ここ数百年というもの戦乱が続き、大小様々な国が興亡を繰り返している。その数は百とも二百とも言われ、正確な数を知る者はなかった。

多くの国々は貧しく、人々は困窮《こんきゅう》している。

しかし、天帝をはじめとした神仙が住む桃華山《とうかざん》がある『楽《がく》』の国だけは戦乱の波及もなく、独自の文化を保っていた。

桃華山の麓《ふもと》にある遊廓――桃華郷が、楽を特殊な国にしている原因の一つでもあった。

天帝や神仙は人の世に介入しないのが掟《おきて》だが、そうとわかっていても頼みごとをするのが人情というもの。頂上にある祠《ほこら》を目指して桃華山の麓に人々が集まれば、自然と商売をする者も出てくる。

はじめはぽつぽつと私娼《ししょう》を置く店が点在する程度だったが、それを目にした仙人が、山麓《さんろく》に大々的な遊里を作ってしまったのである。

天帝や神仙がおわす山の麓に悪所を作ることなど不届き千万というのが普通の考え方だろうが、桃華山の仙人の中には変わり者もいた。自分たちには望みを叶えることはできずとも、神仙を信じて訪れる人々に至福の悦《よろこ》びを与えんと説いたのだとか。

どちらにしても、神仙の公認の遊廓は「ご利益がある」という噂もあって流行らぬわけがなく、大陸の人々のあいだでは桃華山詣《もう》でと桃華郷での遊興は、二つ一組として受け取られている。中には参加者を募って『講《こう》』を組む強者もおり、それが売れると目をつけたのか、桃華山に行く一団を募集して案内するという商売をする連中も現れた。

桃華郷へ行き来する人々が金を落とすため楽の国家財政は裕福で、税も格段に安く、とかく住みやすい国だと評判だった。

しかし、周辺の国々はいずれも貧しく、楽を羨《うらや》みつつ生きていると言っても過言ではない。

莉英たち兄弟が住んでいたのもそのような北国である『管《かん》』の貧村で、産まれてきた子供たちが成人できる確率は半分以下という状況だった。

そんな邑に見切りをつけ、青林は莉英を連れてここにやって来たのだ。あのままでは、八人もいる家族が飢えるのを座して待つことしかできなかったに違いないし、賢明な選択だったろう。

新しい生活が、ここで始まるのだ。

2

桃華郷《とうかきょう》に来てから、一月あまり。

娼家《しょうか》での下働きは、生やさしいものではなかった。知らないことが多い分、下手をすれば、故郷の邑《むら》で農作業をしているときよりも大変かもしれない。

雨上がり、葉が落ちた枝から透明な雫《しずく》が滴《したた》っている。

昨晩はひどい雨で客が寄りつかず、女将はしきりに悪態を吐《つ》いていた。とはいえ、こんな夜にやってきた客には特別によくしないといと言って、男妓《だんぎ》たちにも念入りにもてなすようにと命じて、客を悦ばせたのだからそこはやり手だと褒めて然るべきかもしれない。兄を含めた男妓たちは皆ふらふらになっていて、どちらがいいのかはわからないが。

「痛《いて》え……」

店の裏手にある井戸のそばに腰を下ろした莉英《りえい》は、昼のまかないを食べるのに使った食器洗いを終えたところだった。冷水のせいで皮が剝《む》けてしまい、手がひりひりする。指先はところどころが破れて血が滲《にじ》み、冷たい水が膚《はだ》を刺すように痛かった。

あかぎれだらけの指は普段から何もないのに痒《かゆ》くて、水仕事などすると染みて痛い。気候というよりも、体質の問題だろう。だけど、泣き言を言えば青林《せいりん》を心配させてしまう。わずかな給金の大半は借金を返すために使ってしまうが、余裕があれば薬を買いたかった。

はあはあと手に息を吐きかけたが、悴《かじか》んだ指はまるで凍ったみたいに動かなかった。

桃華郷が一年中温暖とはいっても、真冬はもっと寒い日もあるそうだ。天候を司る神仙の気まぐれとかで、確かにここ二、三日はひどく冷え込んだ。

そうでなくとも莉英に与えられた寝床は一番すきま風が吹き込むところで、何もできないなら皆の風よけになれと言われたのだ。おまけに下働きに宛がわれた布団はぺらぺらで、寒さしのぎにはならない。ここに来てから最初の三晩は、躰が冷えてなかなか寝つけなかった。

「莉英！　莉英、何してんだい？　次は洗い屋に行けと言ってるだろう」

建物の中から声をかけられて、莉英ははっとする。

「はい、女将！」

必死になって声を張り上げると、それで居所が知れたのだろう。裏口から顔を覗《のぞ》かせた女将が、眉《まゆ》をつり上げた。

「まったく、おまえは愚図《ぐず》なんだから！　早くおし」

「ごめんなさい」

この銀釵楼《ぎんさいろう》での暮らしは、一言で言うのならば大変だった。

皆を不愉快な気分にさせたくないと常に頭布を被ってなるべく顔を隠しているが、それが不格好でよけいに目立ち、嘲笑《ちょうしょう》の対象となった。

楽しいとか楽しくないとかではなく、一日一日を無事に過ごすことに必死だった。

女将に目の仇《かたき》にされ、莉英はしばしば怒鳴られた。光陽《こうよう》を筆頭にした店の下働きの少年たちも、莉英を仲間と見なさずに嫌っている。仕事についてひととおりのことを伝えられたが、あとはほったらかしで、何かを聞いて親切に教えてくれるなんてことはまず期待できない。

莉英がわからずにまごついていると、あからさまな嫌味をぶつけられた。

妓院《ぎいん》にはいくつか種類があるが、基本的に男女のいずれかが躰を売ることには変わりなく、客が異性か同性かという違いしかなかった。中には両刀や特殊嗜好《しこう》者のための店もあるが、わかりづらいという理由でどちらかに統一することが多い。

銀釵楼は、同性に抱かれるための少年を売る、男性向けの娼家だった。

銀釵楼のような『楼』の一階はたいていが酒楼――居酒屋になっていて、遊妓《ゆうぎ》たちはそこで酌《しゃく》をする。客はその中から好きな遊妓を選び、二階の閨《ねや》に行くというのが基本的な決まりだった。

青林が見違えるように綺麗な衫《さん》を身につけて店に立つことに、最初は莉英も衝撃を受けた。遊廓というのは男女が躰を売るところだと、頭では知っていた。しかし、そのなまなましさに圧倒され、はじめのうちは怖くて寝つけなかったものだ。

青林を買う客は、脂ぎった中年の男や、田舎の祖父のような枯れかけた老人、乱暴そうな若い男に侠客《きょうかく》ふうの男性と、種々様々だ。

銀釵楼は一流の『閭《りょ》』より格が落ち、客は遊妓と馴染《なじ》みになるために面倒な手順を踏まなくていい。客は初回から男妓と寝ることができるため、勢い、青林が一晩に取る客の数はかなり多くなり、片手では数えられないほどの男と寝ることもあった。

若くて綺麗で、そして物慣れぬ青林は人気があるらしい。女将が「いい買い物をした」と嬉しげにそろばんを弾《はじ》いている姿を、莉英は目にしたことがある。

いくら青林が金を稼いでも、それですぐに自分の借金を返せるわけではない。それどころか部屋代、布団代、衣装代、食費、すべてが借金となって加算されていき、借金は膨れ上がる一方だ。そのからくりに、莉英は早くも気づき始めていた。

――兄ちゃんは、こういうのが嫌じゃないんだろうか。

そんなことを聞くのは間違いだとわかっている。でも、疑問は日々積み重なるばかりだ。話をするいとまもないほどに青林が疲れ切っているのが、また、悲しかった。

「………」

お遣いのために外に出た莉英は、兄の部屋があるあたりを外から眺めたものの、人影が動く気配はまったくない。疲れ切った兄は、昼間なのに眠っているのだろう。

今は洗い屋に洗濯物を取りに行かなくては。名残惜しげにそこを眺めてから、莉英は頭布を目深に被り直し、洗い物を入れる籠《かご》を抱えて走り出した。

たいていは自分たち下働きが洗うのだが、男妓が着るような刺繍がされた衣装や特別な衣は、専門の職人に頼まなくてはすぐに傷んでしまう。本当ならば洗い屋が配達してくれるのだが、今日は小僧が風邪を引いたのだという。

銀釵楼の周辺は娼館が集まっており、洗い屋は少し歩いたところに位置する。

「ごめんください」

息を整えてから店先で声をかけると、「はいよ」と愛想のいい返事があった。すぐに奥から前掛けをした中年男性が顔を出したが、彼は頭布を被った莉英を見るなり不機嫌な表情になった。

「何だ、おまえかい」

布で隠そうとしても、覗き込めば顔は見えてしまう。完全に覆うことはできなかった。

「あの、銀釵楼の……」

「わかってるよ。おまえみたいなやつが、この郷に二人といるもんかね」

主人は不興顔でつけつけと言いながら、これ見よがしにため息を吐いた。

「まったく、何だってまたおまえを寄越すのかねえ。折角洗ったのに、汚れちまうよ」

彼は莉英を汚いものでも見るかのように、ふいと目を逸《そ》らす。そして、莉英が持ってきた籠の浅さに悪態を吐きながら、洗濯物を詰め込んだ。

「これでいい。お代はあとで集金に行くと女将に言っておくれ」

「はい」

渡された籠はずしりと重く、持っただけで足許がふらついた。だが、男はそれを一瞥《いちべつ》するだけで、同情するつもりはないようだ。

「この愚図、落とすんじゃないよ！」

「は、はい、すみません。ありがとうございました」

夕刻、足許に伸びた影がだいぶ長い。じきに郷に客もやってくるし、早く店に戻らなくてはまた怒られてしまう。

下働きは店の裏口から出入りするが、時間帯によっては客に見つかりかねない。莉英のような人間は客に見られたら嫌な思いをさせるし、銀釵楼に出入りしていることも知られたくないというのが女将の言葉で、それは正しいと思うからこそ、反論はできなかった。

気持ちはすっかり焦っていたが、籠が重くてなかなか進めない。よく考えたら、この洗濯物は店の下働きが二人がかりで汗だくになって運んだのだ。莉英一人では、どう考えても重すぎる。

冷たい北風が吹きつけ、洗いざらしで薄手の衣一枚では躰の芯から凍えてきそうだ。

この寒さもそう長くは続かないと聞いているが、それでも、寒くてたまらない。廓《くるわ》にはまだ客が入らない時間で、人影もまばらで閑散としている。そのせいで思い思いに贅《ぜい》を凝らした美しい建物がよけいに作り物めいて見え、体感する温度を下げているように思えた。

「寒……」

洗い屋の主人が言うほど莉英は愚図ではないが、前が見えないくらいに籠をいっぱいにされては、おっかなびっくり歩くほかない。

角を曲がったところで、どん、と籠に鈍い衝撃があった。

「うわっ」

莉英は慌てて籠を支えようとしたけれど、上手くいかなかった。籠が揺らいだため、天辺《てっぺん》に乗っていた衣が数枚、ぱさりと道に落ちてしまう。

「ああっ！」

運悪く水たまりに落ちた白い衣が、あっという間に泥水を吸い込む。籠を地面に置いた莉英は布を慌てて取り上げたが、大きな染みができてしまっていた。

「ったく、何やってんだよ！　痛ぇなあ」

ぶつかってきた男ががらがらの声を張り上げ、莉英を小突く。

勢いで頭布が外れ、同じように泥水に落ちてしまう。

「うわ……なんだこいつ……」

陽光の下、莉英をまともに見るかたちになった男が、嫌そうな声を上げた。

「ひでえ顔だな。病気なのか？」

莉英は俯《うつむ》いて頭布を直そうとしたが、すべてが後の祭りだった。

「おい、おまえら、こっちに来てみろよ！」

男の声に、道の脇でたむろしていた仲間たちが近づいてくる。

彼らはこれから妓院で妓女《ぎじょ》を買うのだろう。衣装はいずれも、精一杯の一張羅《いっちょうら》に違いない。その似合っていない様子はどこかちぐはぐだ。

「この桃華郷に、こんなに醜いやつがいるのかよ」

「信じられねえな」

「桃華郷に来てまで、こんな汚い面は見たくないんだよ。気分が悪いったらないぜ」

口汚く罵《ののし》られ、慣れっこだったとはいっても涙腺《るいせん》がつんと痛んだ。

「……ごめんなさい……」

「謝られたくらいで、こっちの気分がよくなるわけじゃないんだよ。ああ？」

男が籠を蹴り、道路一面に衣が散らばる。

「あ！」

拾い上げようと伸ばした手を、沓《くつ》の底でぐいぐいと乱暴に踏みつけられた。

痛い。

「おまえなんざ、泥まみれの服を着てるほうがお似合いだぜ」

わかっている。自分が醜いのは、百も承知だ。

それを今更あげつらわれても、どうすることもできないのが悲しかった。

「ちょっと、お客さん。そのくらいにしてもらえませんかね」

太い野性味のある声がかけられ、男たちがぴくりと反応する。莉英はその隙に男の足の下から手を引き抜き、振り返って上目遣いに相手を見やった。

背後に立っていたのは、がっしりとした体躯《たいく》の男だった。二十代前半というところか、思ったよりも若い。躰つきは逞《たくま》しく、腰には偃月刀《えんげつとう》を下げている。

郷のすぐ外では魑魅魍魎《ちみもうりょう》が出るので、ここへは武器の持ち込みが認められているのだ。

目を引くのは、その男らしい華やいだ造作だった。

目に力があり、炯々《けいけい》とした光を放つ。顎《あご》に鬚《ひげ》を生やしているが、それが決して不潔に見えず、寧ろ彼の男ぶりを印象づけるものになっていた。

身に纏《まと》う空気はぴりっとしており、博徒《ばくと》や侠客ではなさそうだ。

連中が似合いもしない華やかな衫を身につけているのと対照的に、彼は動きやすそうな短い筒袖の上衣に、短袴《たんこ》を身につけていた。

「何だ、おまえ？」

頬に傷のある男が、割って入った青年を睨《ね》めつける。

「子供を虐《いじ》めるのはなしですよ」

莉英を庇《かば》うように立った青年は、見上げるくらいにすらりと背が高い。

「格好つけるじゃねえか！」

連中の中でも血の気《け》の多そうな一際体格のいい男が、足を踏み出した。

「俺は『太白家《たいはくや》』の湖大我《こたいが》だ。番頭……いや、用心棒と言ったほうが早いかな」

ゆったりとした声は落ち着いているが、大我と名乗る男に隙はいっさいない。

「おい、大我って言やあ、この桃華郷で一番の腕っ節の男だ。喧嘩《けんか》を売るのはやめとけよ」

「うるせえ！」

首領格の忠告も聞かずに、男が怒鳴りながら右拳を振り上げたので、身を竦ませた莉英は反射的に目を閉じた。だが、ばしっという鈍い音がするばかりで、それ以上の気配はない。おそるおそる瞳を開けてみると、男の拳を大我がぎゅっと摑み、涼しい顔で捻《ねじ》り上げていた。

「この……ッ……」

呻《うめ》いた男が相手を振り解《ほど》こうと力強く腕を引くのと同時に、大我がぱっと手を放す。おかげで相手はそのまま重心を失い、泥道に尻餅を突いた。

「てっ！」

「おや、その格好じゃ店には上がれませんね。風呂屋ならそこの角にありますよ」

大我はにこやかに笑うと、その場に震え上がる連中をひとりひとり見据える。

「下がってろ」

一度は止めようとしたものの、子分を泥まみれにされたのでは面子《メンツ》が潰《つぶ》れるということか。首領格の男がずいと一歩出た。

男は懐から短刀を出し、いきなり大我に斬りかかる。しかし、大我はそれを咄嗟《とっさ》に摑んだ偃月刀の鞘《さや》で受け止めた。

一撃、二撃。

大我は受け止めるばかりでまだ刀を抜いていないのに、相手はもう息を切らせている。相手の動きを完全に読んでいるのだ。

とうとう男は疲れ果てたように棒立ちになり、顎にまで垂れてきた汗を手の甲で拭《ぬぐ》う。

「困りますよ、お客さん。ここ桃華郷は色を愉しむ街。あまりおいたが過ぎると、仙人様を怒らせちまう。ここは引いていただけませんかね」

よろよろになった首領は刀を納め、その様子を見守っていた仲間たちに声をかけた。

「く……引くぞ！」

「お、おう」

彼らがばたばたと走り去る足音を聞きながら、莉英はいたたまれない気分になって俯いた。犠牲になった衣は数枚だったが、お遣いをきちんと果たせなかったことは棘《とげ》となって心に刺さる。そのうえ、見ず知らずの大我という男の手を煩《わずら》わせてしまったのだ。

「ご、ごめん……なさい……」

踏まれた掌《てのひら》が、ずきずきと痛い。骨が折れていないようなのが、不幸中の幸いだった。

「いいってことよ。おまえ、銀釵楼の莉英だったな」

知っているんですか、と聞こうと思って、莉英は口を噤《つぐ》んだ。

この街を歩き回っているなら、知らないわけがない。こんなに醜い自分のことを。

どうせ、この桃華郷に似合わぬほどに見苦しい下働きがやってきた——そんな悪意のある噂を聞いたのだろう。

それは事実だから、何を言われたって仕方がないのだけれども。

「働き者の下働きが入ったって聞いたんだよ」

「え……？」

驚く莉英に彼が手を伸ばしたので、ぶたれるのだろうと思わず首を竦める。

「いい子だな」

——撫でられた……。

全身に甘い痺《しび》れが走る。

躊躇《ためら》うことなく、大我が莉英に触れたせいで。

その手は莉英を殴るためのものではなく、優しく慰撫《いぶ》するためのものだったのだ。

信じられなかった。

腫れぼったい目、ところどころ剝けている皮膚、消えない病痕。恐ろしい病気がうつるのではないかと皆は恐れ、青林以外は莉英に触れようとはしないのに。

嬉しい……嬉しくて、たまらない。

こんなふうに触ってもらえたら、この人のために何でもできてしまいそうなくらいに。

言葉をなくしたのは、膝を突いた大我が真っ向から莉英を見つめてきたせいでもある。

「綺麗な目の色だな。懐かしい、優しい色だ」

「………」

そんなことを言われたのは、初めてだった。

「偉いよな。そんなに小さいのに、よく働いてる」

「ち、小さいって、もう十三です」

「そうか、そりゃ悪かった。兄貴をよく助けてやれよ？」

「はい」

差し迫っては、このどろどろになってしまった洗濯物をどうにかしなくては。莉英の暗い気持ちを吹き飛ばすように、大我がにこっと笑った。

大我が笑うと目許が優しくなって、人懐っこく見える。もっと強面《こわもて》だと思っていたので、彼のやわらかな変化が意外だった。

「よし、なら、一緒に帰るか」

「帰るって……銀釵楼に？」

「そうだ。女将に事情を説明しないと、おまえのせいにされるからな」

「でも、大我さんのお仕事が……」

「俺の仕事は、太白家の用心棒で、それに加えてこの桃華郷が皆にとって居心地のいい場所にすることだ。つまり、ああいう理不尽な輩《やから》を窘《たしな》めるのも仕事のうちなんだよ」

屁理屈に近い気もしたが、庇ってくれたことには素直に感謝しなくてはいけない。

何よりも、大我に助けてもらえたことがとても誇らしかった。こうして話しているだけで、自然と心が弾んでくる。

「だけどな、今のはおまえもいけないぞ。何も悪いことしてないんだから、舐《な》められたりするな」

毅然《きぜん》とした物言いができるのは、大我が強いからだ。莉英と違って、逞しくて男らしく、見た目にも不自由ないからだった。

「でも、俺は見た目がこんなで皆に嫌な思いさせてるから」

「じゃあ、俺みたいにむさ苦しい人間も、皆に嫌な思いをさせてんだろうな」

鬚を撫でた大我の言葉に、莉英は首を横に振る。

「そんなことないです！　大我さんは格好いいし、俺に優しくしてくれたし……」

厳しい口許を微かに綻《ほころ》ばせた大我は、大きなあたたかい掌で、莉英の髪をもう一度くしゃくしゃと撫でた。

「優しくできるのは、おまえが優しいからだよ。おまえがいい子だからだ」

指の一本一本が太く、力強い。掌は武芸の鍛錬でまめができているのか、ごつごつとして硬かったが、嫌な気持ちにはならなかった。

それどころか、嬉しくてたまらない。

こうして、何の躊躇《ちゅうちょ》もなく触れられることが。

自分を見つめる大我の瞳には、力強い光が宿っている。

どんなときでも彼は、自分を真っ直ぐに真っ向から見つめてくれるのではないか。

そう信じられるような、迷いのない目だった。

「おまえの心が綺麗なら、いつかみんなわかってくれる。だいたい、病気になったのはおまえのせいじゃないだろ？　それに、顔なんて皮膚一枚だ。千切れちまえば、美しさなんて意味がなくなる」

滅多に与えられない褒め言葉に、莉英は真っ赤になった。

「卑屈になるなよ、莉英。おまえが卑屈だと、周りのみんなが、よけいにつらい気分になるからな」

「はい！」

その言葉に応じて精いっぱい元気よく頷いた莉英に、彼は「その意気だ」と笑ってくれる。

それが、大我との出会いだった。

洗い屋から帰ってきた莉英は、女将にさんざん罵倒《ばとう》された。大我が取りなしてくれなければ、今頃三日間食事抜きと言われていたかもしれない。

尤も、怒られても辛くはなかった。それどころか、まだ、胸の奥がぽかぽかしている。

実の家族である青林を除けば、大我は唯一、最初から臆《おく》することなく莉英に接してくれた人物だった。彼のくれたぬくもりが心を満たすあいだは、何があっても平気だろう。

「まだ準備中なんですよ。もうちょっと待ってくださいな」

表の酒楼から、そんな明るい男妓の声が聞こえてくる。

銀釵楼の営業中、莉英は酒楼の洗い場を手伝っているが、さすがにこの泥まみれの格好では不衛生なので、一刻も早く着替えなくてはいけなかった。店はもうすぐ開店の時間で、廊下を下働きの少年や男妓が行き交う足音が微かに聞こえている。

大部屋に戻った莉英は、自分の衣服が入った葛籠《つづら》を開ける。下働きの少年は、それぞれ与えられたこの一抱えほどの葛籠に自分たちの持ち物を詰めて生活している。二着しかない服のうち一方を汚してしまえば、残りは一着しかない。寝る前に洗って干しておかなくては、明日から着るものに困るだろう。

「莉英」

呼びかけられたことにはっとして顔を上げると、腕組みをした光陽が戸口に立っていた。

「光陽、何か？」

「さっき、おまえ大我さんに送ってきてもらったよな。どうしてだ？」

「どうしてって……」

いつ見られていたのだろうと驚きつつも、莉英は言《い》い淀《よど》んだ。

そして、やはり大我はこの郷では有名人なのだと内心で感心する。

「大我さん、格好いいだろ？　おまえ、身の程知らずだからな。そんな顔してるくせに、無理に近づいたんじゃないのか」

ずかずかと部屋に入ってきた光陽に乱暴に詰め寄られて、莉英は思わず尻餅を突く。

「ううん、何もしてないよ」

「だったら、何でだよ？」

苛立ったように光陽に問われ、莉英は口ごもりつつも反駁《はんばく》した。

「ただ、知らない人にぶつかって洗濯物をだめにしちゃったから、それが俺だけのせいじゃないって、女将さんに説明するのについてきてくれたんだ」

掻い摘《つま》んで莉英が説明すると、光陽は舌打ちをした。

「ったく、莉英のくせに生意気なんだよ、大我さんとおしゃべりするなんてさ」

光陽はひどく憎々しげに言い放ち、痩せっぽちの莉英を蔑《さげす》みの籠もった目で見下ろす。

たぶん、光陽も大我に憧《あこが》れているとか、何らかの特別な感情を抱いているのだろう。それがわかる口調だった。

「大我さんは、あの若さでこの桃華郷では腕っ節は一、二を争ってるんだ。そのうえ優しいから、遊妓にも人気がある。勘違いするなよ」

「勘違い？」

着替えを済ませて立ち上がった莉英を白い目で眺め、光陽は肩を竦めた。

「気の迷いで、大我さんに夢中になる馬鹿がいるんだよ。あの人は優しく見えるし実際にそうだけど、逆にいえば誰かを特別に贔屓《ひいき》してるわけじゃない。それを勘違いして、勝手に入れ上げる連中が多いんだ」

あれほど逞しくて顔立ちの整った男前であれば、一目惚れしてしまう者も一人や二人ではないだろう。おまけに、莉英のような者にも、分け隔てなく優しく接してくれた。

「おまえはそういうところ、頭が悪そうだからな。最初に釘を刺しておかないと、分不相応な夢でも見ちまうだろ？」

「でも、俺は……」

「反論する気か？　莉英のくせに生意気なんだよ！」

光陽にすごまれて、莉英はそれ以上は言えずに唇をきゅっと噛《か》んだ。

「さっきだって、青林さんが女将に怒られてたぞ。おまえが愚図で困るってな。なのに、青林さんは、『莉英はとても優しくていい子だから、嫌わないでください』って言っていた。可哀想だよなあ、おまえみたいな弟を持って」

言い捨てた光陽がさっさと踵《きびす》を返して部屋を出ていったので、着替えを済ませた莉英ものろのろと歩きだす。

自分の与《あずか》り知らぬところで青林が庇《かば》ってくれたのは嬉しかったけれど、それが彼の立場に悪影響を及ぼさないかが心配だった。

本当に優しいのは、青林のような人だ。

顔も心も見惚《みと》れるほどに綺麗で、非の打ち所がない。

勿論、莉英だって頑張ってはいる。こんな姿形に生まれついた以上、心まで醜ければ誰も自分を好きになってくれないだろうからだ。せめて真っ直ぐに生きていけば、ほんの少しくらい好きになってもらえるかもしれない。そう信じて頑張るほかなかった。

それに、今はこうして自分の居場所があるだけで幸せだ。

夜露をしのぎ、一日に二度は食事を出してもらえることが有り難い。仕事を与えられ、生きる理由を持てるだけで幸福だった。

今は、青林が気持ちよく働けるように彼のために尽くしたい。

そのためにも、大我のことを思い出そう。自分を助けてくれた、優しい人のことを。

わかっている。性格さえよければ外見はどうでもいいという言葉は、嘘だと。

――でも。大我は笑ってくれた。優しくしてくれた。真っ直ぐに前を見ろと言ってくれた。

だから、俯いたりしない。

毅然《きぜん》と顔を上げて厨房《ちゅうぼう》へ向かおうとしたところで、水差しを持って下りてきた青林と行き合った。

「どうしたの、莉英。今日は楽しそうだね」

青白い顔をした青林に言われ、莉英は頬を赤らめてしまう。

「あのね、とても優しい人がいたんだ。俺を助けてくれた」

莉英が手短に今のやりとりを話すと、青林はああ、と頷いた。

「大我っていう人……そういえば、噂を聞いたことがあるよ」

「本当？」

楼からは滅多に出ない青林が、大我のことを知っているとは思ってもみなかった。

「うん。とても男前の用心棒なんだろう？　腕っ節も強くて、皆が頼りにしているそうだ。おまえにも優しくしてくれて、よかったよ」

青林がほんのりと微笑すると、青白い顔に赤味が差して、とても綺麗だ。

「すごくいい人だった。ああいう人が、青林のお客ならいいのに」

「……かもしれないね」

視線を落とした青林は、淋しげに俯いた。

「でも、そういう人は……好きになれそうな相手は、お客じゃないほうがいいな」

「どうして？」

好きな人が客のほうが、嬉しいのではないだろうか。

「金で買われると、そこからは対等じゃなくなってしまう。ものとして売り買いされてしまうだろう？　私は好きな人とは対等でいたい。そういう、力関係みたいなものはないほうがいいんだ」

莉英が理解するには、廓《くるわ》のことはあまりにも難しかった。男と女が、男と男、あるいは女と女が絡み合わせる情念というものは、子供にはいつだってわかりにくい。

怪訝《けげん》な顔をしていると、青林はくすっと笑った。

「おまえもきっと、大人になったら……わかるんだよ」

人を好きになるというのが、どういうことなのか。

金で買われることと、愛ゆえに抱かれることの違いが。

わかるわけ……ないよ。

莉英のことを好きになってくれる人なんて、誰もいないから。そういう気持ちとは、自分は一生無縁のはずだ。

「えっと……兄ちゃんは、好きな人、いるの？」

「今は、いない」

彼は淋しげに呟《つぶや》いてから、莉英の髪を撫でてくれる。そのやり方は、大我のそれとはまた違って、いとしさが込み上げてくる。

「兄ちゃん、大好き！」

がばっと青林に抱きつくと、彼は「こら、重いよ」と声を上げて笑う。

「だって、好きなんだもん」

「わかっているよ。私もおまえが一等好きだよ、莉英」

頬を撫でてくれるほっそりとした手が、気持ちよかった。


妓院の用心棒兼番頭という仕事柄、大我の働く時間は主に夜になる。

太白家の場合は真夜中に店が終わるので、そこから酒場に行って浴びるように飲み、ねぐらへ戻って陽が高くなるまで寝る。その繰り返しが変わることはない。

時々顔見知りに会うことはあるが、それくらいだ。

「もう、あいつもしつこいったら……けちなくせに何回やるつもりなんだか」

色子《いろこ》たちが文句を言う声を聞きつつ、大我は戸締まりを確かめて回る。ここは同性に抱かれる少年を売る店で、客も全員男だった。

陽当たりが悪いため、店内はいつもじめじめとして黴臭《かびくさ》い。太白家のような店は牀榻《しょうとう》

――寝台どころか布団すらなく、土間に直《じか》に筵《むしろ》を敷き、その上で色子たちは商売をするのだ。客はこの土間で衆人環視のもとで色子を犯すもよし、奥の部屋へ行くもよし。どちらにしても、銅貨一枚で色子を抱けるような最下層の店では、上品な接待など期待する者はいない。色子たちに挿入して、射精できればいい――それくらいしか考えない者が大半であり、居心地がよいところではなかった。

まさかこんなところで用心棒をするようになるとは、幼い頃の自分に考えられただろうか。

湖《こ》一族は成陵《せいりょう》近くの出身で、もともと勇猛果敢、武勲の誉《ほま》れ高き名門である。大我も幼い頃から師父《せんせい》について学問を習い、また、武芸の腕を磨いた。

しかし、臆病でひ弱な大我の長兄は戦場から逃げ出して故郷にこっそり帰り、一族の名に泥を塗ったのだ。それを羞《は》じた父は二番目の息子である成人前の大我に期待をかけ、武勲を上げることを願って軍隊に入れた。

だが、やんちゃな大我は窮屈な軍隊暮らしなど御免で、何度も規律違反を繰り返した末に呆気《あっけ》なく軍を追い出され、故郷では湖一族の面汚しと言われた。

呆《あき》れた父にせめて故郷の邑で真面目に働いてくれと言われたが、まっぴらだった。日々を面白おかしく暮らすほうが、自分に合っている。

父親の説得にも耳を貸さずに邑を飛び出した大我は、いつでも故郷に帰れるのだからと安《あん》堵《ど》し、放蕩三昧《ほうとうざんまい》で面白おかしく暮らしていた。

二年ほど経《た》ち、そろそろ故郷に戻ってみようかと思った矢先、郷里の近辺で悪質な山賊が跋扈《ばっこ》しているとの噂を耳にした。連中は残忍で、邑々を襲っては女子供にいたるまで殺戮《さつりく》し、非道の限りを尽くすのだという。

嫌な予感に駆られて帰郷した大我が目にしたのは、焼け野原となったふるさとだった。邑で生き残っているものはほんの数名。そこに、湖一族の姿はなかった。

遺体は朽ちるに任されており、半ば白骨と化した小さかった弟の屍体《したい》を見つけた。あの兄が最後まで勇猛に山賊に立ち向かい、幼い弟を守って傷だらけになって死んだという話を聞き、大我は己を恥じた。事実、兄の骨はあちこちに鏃《やじり》が突き刺さったままだった。

自分にそれだけの力があると自惚《うぬぼ》れるつもりはない。だが、もしかしたら、救えたかもしれない。もう一人か二人は生かせたかもしれない。

大我は近隣の邑の有志で構成された討伐隊に参加して仇《かたき》を討ったものの、虚《むな》しさは消えなかった。

自分を責め、他人を責め、そうして辿《たど》り着いたのが桃華郷だった。

この郷にいる人々は、たいていが何か事情があってここに流れ着く。

飢饉《ききん》で食っていけなくなった者もいれば、惚れた相手のために身を滅ぼした者もいる。あるいは、成り上がるために金が必要な者もいた。

美しく飾り立てた郷の裏側にあるものは、生きるためのどろどろとした欲と情念だった。

もとより遊蕩を好むたちで、男も女もどちらも愉しめる大我は、この地にすぐに慣れた。だからこそこの郷は嫌いではなかったが、日々の生活に馴染むうちに、次第に虚しさに襲われるようになった。

この郷にあるのは虚飾だ。人は上り詰めれば上り詰めるほど、人間らしい輝きを失ってしまう。目的を果たしてもなお、煌めいていられる者は皆無。それでも、ここから去る気概《きがい》がある者はまだいい。疲れ切って、この郷で埋もれていく者が大半だった。

人の世界を動かすのは、結局は欲だ。

その欲で作られた海を泳ぎ切ることができた者に、大我は今まで出会ったことがない。誰もが欲に溺れ、あるいは押し潰され、滅んでいくのだ。

「世話ねぇな……」

小さく呟いた大我は、腕組みをしたまま店内を見やる。

精液と汗の匂いに満ちたここは、地獄とどう違うのだろう。人に夢を見せるための桃源《とうげん》郷《きょう》とはほど遠い。思うに、ここは天界と対極にあるはずの世界だ。いったい、どこが桃源郷だというのだ。人の欲望だけが吐き出される、この場所が。

それでもここにいるのは、手前勝手な贖罪《しょくざい》のつもりなのかもしれない。

——だめだ、つまらない感傷に囚《とら》われてしまった。

大我は太白家を出ると、重い足取りで馴染みの酒場へ向かう。

「おお、大我ではないか」

欠伸《あくび》をしながら歩いていた大我は、店の前で大仰《おおぎょう》に呼びかけられて思わず足を止める。

酒楼の暖簾《のれん》を掻き分けようとした大我を呼び止めたのは、人懐っこい笑顔を浮かべる少年だった。彼を認識した大我は、ぎょっとして目を見開く。

艶《つや》やかな黒髪を肩先で切り揃えた少年は、この桃華郷で東昇閭《とうしょうりょ》という名うての妓院を経営する人物だった。おそらくこちらは四海《しかい》だが、油断してはならないと、大我は表情を微かに引き締める。

「お久しぶりです、お加減は……」

「堅苦しい挨拶はいらぬ。おまえ、酒を飲みに来たのか？」

「はい」

「よし、つき合え。四天《してん》に新しい酒楼ができたと聞いて、飲みに来たのだ」

これで彼が四海だと確信を持て、大我は内心でほっとする。

四海と彼の双子の弟である四天は、外見ではほとんど見分けがつかない。今日は四海だけだが、四天が揃うと二人の口うるささは二倍になり、至極面倒なことになる。

「私もこの店は初めてですが、随分にぎやかですね」

「うむ、期待できそうじゃ」

桃華郷は娼家も商店も競争が苛烈《かれつ》で、店の入れ替わりも激しい。そんな中で生き残る店は、よほど魅力のあるところだと決まっていた。特に、桃華郷にやって来る客たちは、すべてにおいて妥協を許さない。少しでもまずい店だと途中で席を立ち、二度と戻ってこない者もいる。そういうわけで、今一つと評される店は自然に淘汰《とうた》され、消えていくのだった。

大我自身も初めてとなる酒楼は、既に満席に近い状態だった。立ち込める羹《あつもの》の匂いも、いい具合に鼻孔《びこう》を擽《くすぐ》る。これならばきっと、悪くないはずだ。

何とか場所を詰めてもらって二人分の席を見つけ、大我は木の椅子に腰かけた。

「いらっしゃいませ」

「親父さん、壺酒《こしゅ》を二人前だ」

厨房の近くから主《あるじ》に声をかけられて、右手を挙げた大我は声を張り上げた。

「はいよ」

気の好さそうな中年太りの男はでっぷりとした腹を揺すり、陽気に答える。

すぐに酒の入った壺と椀を持ってきた店の主人は、そう明るくもない店内で改めて四海を認識して眉を顰《ひそ》めた。

「お客さん、ちょっと」

男は声を落とす。

「ん？」

「うちは、子供さんに酒を飲ませるのは遠慮させてもらってるんですよ」

その言葉に、店内は水を打ったように静かになった。先ほどまで笑いさざめいていた男たちも、すっかり黙ってしまっている。

「あ、いや、この方は」

「やっぱり躾に悪いですからね。子供さんには健やかに育ってもらわないと」

それを聞いて、不意に四海が下を向く。ややあって彼が肩を震わせていることに気づき、大我は凝然《ぎょうぜん》とした。

まずい。四海を怒らせてしまったのではないか。いくら店主がこの郷の新入りで、なおかつ四海が好きこのんで童形《どうぎょう》を取っているとはいえ、失礼にもほどがある。

「…………」

まるで水を打ったように人々は静まりかえっており、主人は何が起きたのかわからずにきょろきょろとしている。

何とか助け船を出そうと大我が口を開く前に、押し黙っていた四海がいきなり噴き出した。そのまま彼は声を上げて笑い続けたあと、訝しげに自分を眺める主人に顔を向けた。

「そなたはいいやつじゃのう」

「……は？」

「気に入ったぞ」

それを聞き、息を詰めて見守っていた酔客《すいきゃく》たちはほっとしたように緊張を緩めた。

「わしに酒を飲ませればそれだけ売上げになるのに、断るとは……いいことじゃ」

「はあ……」

わけがわからないという顔をしている主人に、四海は「いいのじゃ」と首を振る。

「料理を頼もう。煮込みを二人前、それから、この店にいる皆に酒を振る舞ってくれ」

「全員に、ですか⁉」

その言葉に、店にいた客はどっと沸いた。

「そうじゃ。わしは東昇閤の主の四海。つけにしておいておくれ」

「東昇閤……」

主人ははっとしたように目を瞠り、「失礼しました！」とがばっと頭を下げた。

「よいよい、今日はいい気分じゃ。そなたのおかげじゃ」

しきりに恐縮しつつ引っ込む主人を背に、客たちは四海に明るく声をかける。

「いいんですかい、四海様」

「俺たちまで、おこぼれに与《あずか》っちまって」

「構わぬぞ。喜ばしいことがあると、わしの寿命も延びようというものじゃ」

大きな二重の目を細めて笑う四海は、無論、その外見どおりの年齢ではない。それどころか、十九で桃華郷に流れ着いた大我と出会ったそのときから、ずっとこのままの姿形だ。

噂によると、彼の年齢は数百歳。

四海の正体は、この桃華郷を根城にした仙人なのである。

酒を飲ませればうわばみというたいそうな酒豪で、気まぐれで悪戯《いたずら》好きという厄介《やっかい》な性癖を持つ。それでも見た目が可愛らしく邪気がない上、性質は温厚で情に厚い。そのせいで、誰もが四海を慕い、あるいは許すのだった。

「時に、大我。何か面白いことはあったかのう？」

四海が陽気に話しかけてきたので、大我は彼の黒い瞳をじっと見つめる。漆黒の瞳はさも聡明《そうめい》そうで、そしてなおかつ、神秘的な光を湛《たた》えている。

「面白い……ああ、今日は銀釵楼の下男を見かけましたよ。莉英という名の」

「下男？」

運ばれてきた熱々の煮込みは、大根にしっかり味がついていた。噛み締めるとじわっと煮汁が染み出してほろほろと崩れ、ほどよい塩味に酒が進む。

それを咀嚼《そしゃく》してから、大我は再び口を開いた。

「ご存じないんですか？　ちょっと見た目が変わっていて……痛々しい感じだったな」

「ふむ、そうか」

あの容貌では、桃華郷にはいづらいだろうに。

この桃華郷では、何よりも容姿の美しさがものを言う。多少性格に難があったとしても、外見がよければそれで帳消しになる。

莉英は逆だが、男妓ではないことが不幸中の幸いだろう。下男として一生誰かに使われるけれど、少なくとも、食いっぱぐれることはない。

見た目の美しさとは無縁だったが、莉英の言葉の端々に優しさと謙虚さが滲み出ていた。しかし、この郷に染まれば、彼のそうした美点も徐々に失われていくのだろう。

それがひどく惜しく思えた。

あんな小さい子が気になるなんて、我ながら不思議だった。

もしかしたら、莉英は自分の弟と印象が重なるのかもしれない。

尤も、もう随分前に死に別れてしまったから、顔かたちも朧気《おぼろげ》にしか覚えていない。覚えているのは、小さな手だ。揺籃《ようらん》から伸ばされた手を握ると、精一杯の力で握り返してきた。まるで紅葉《もみじ》みたいで、あたたかくて汗ばんでいて、それでも愛しかった。

会えるものなら、もう一度会いたい。そう思ったときはもう、何もかもが遅いのだ。

3

桃華郷《とうかきょう》にやって来て、二度目の春。

秋になれば、ここで暮らし始めてまる二年。莉英《りえい》はもうすぐ十五になる。郷里の管《かん》であれば、成人と見なされる年齢だ。

莉英はすっかり、桃華郷での暮らしに馴染んでいた。

あれから莉英の身長は少しずつ伸び、顔色は前よりもずっとよくなった。皮膚病は発症しなかったが、目は相変わらず腫れぼったく、あの痣《あざ》のような病痕だけはどうしても治らない。毎朝鏡を見て、少しは薄くなっていないかと確かめるのだが、そんな奇跡は決して起きないのだった。

「莉英、莉英！」

厨房の方角から、光陽《こうよう》が呼ぶ声が聞こえて廊下に雑巾《ぞうきん》をかけていた莉英は顔を上げる。

「なに、光陽」

莉英以上にぐんと背が伸びた光陽は、莉英を無遠慮に見下ろす。彼はこのところ武術を習い始め、大我《たいが》のような用心棒を兼ねた番頭になることを希望していた。

「おまえ、昼飯を食ってないだろ？」

「食べたよ」

「……嘘だな」

光陽はふうとため息をつき、ごく自然に莉英の手から雑巾を取り上げる。

「また、新入りに自分の飯をやっちまったんじゃないか？」

「だって、風邪がなかなか治らないから……」

「お人好しも大概にしておけよ」

光陽は両手を腰に当てて、呆《あき》れ顔《がお》で莉英を見下ろした。

新入りの少年が風邪を引いて倒れてしまったので、見かねて自分の食事を分けてあげたのだ。莉英よりも遥かに立派な体躯《たいく》だし、普通の分量では腹が減って力が出ないのではないか、と思ったからだ。

「次はしっかり食えよ。——女将さんが、おまえに用事があるってさ」

「うん。ありがとう、光陽」

「おうよ」

にこりとする光陽に、莉英はあたたかなものを覚える。

卑屈になるな、という大我の教えを懸命に守っていたせいだろうか。

いつの間にか銀釵楼《ぎんさいろう》の同僚《どうりょう》の風当たりは弱いものになり、今はほとんど何も感じない。自然と店にも馴染めたはずだと、胸を張ったっていい。最初はそんな日は永遠に来ないと思っていたから、受け容れてもらえたことがなかなか信じられなくて、もしかして新しい嫌がらせじゃないかと疑って過ごしたものだ。

女将は相変わらず莉英の醜さを嫌ってはいるものの、何かあると自然と仲間の僮《どう》や下男が庇ってくれる。それが莉英には嬉しかった。

おかげで自然と莉英も笑顔が増え、表情が前より明るくなったと青林《せいりん》にも褒められた。

問題は、その青林だ。

青林はもともと丈夫とは言い難かったところに、無理に客を取り続けた。それが響いたらしく、この頃の彼はいつも青い顔をして、何かあるとすぐ寝込んでしまう。女将も毎日「青林がこの体《てい》たらくじゃねえ」と零《こぼ》し、店にも出られない日が続いた。

「莉英！　まったく、相変わらず愚図だねえ、おまえは」

「すみません、女将さん」

「これを通信所へ持っていっておくれ」

刺々《とげとげ》しい口調だったが、それに傷つく余裕はない。

「わかりました」

頭布を被り直した莉英は、手紙を手に銀釵楼を出た。

各地で戦乱の続く陽都《ようと》では、一般の個人向けに通信の仕組みが整えられていない。

王族や貴族は、政治的な用件があるときはそれぞれに馬を出して手紙を届けさせる。また、親しい商人たちに手紙を託すことも多かった。

他方、一般の人々が親類縁者や友人に手紙を出したい場合は、郷の中央にある通信所でいくばくかの金と手紙を預ける。すると、遊廓を訪れた客が故郷に戻るついでに、また、女衒が目的地が同じ場合に、金と引き替えに手紙を届けてくれることになっていた。逆もまた然《しか》りで、人々は県に点在する通信所を利用する。無論、この仕組みでは人の善意に頼っているため、確実に文を届けられるとは言い難い。しかし、戦乱の世の中では定期的な通信手段を維持することは難しく、この手法に助けられている者も多かった。

独学だが莉英も読み書きを勉強していたので、簡単な宛名くらいは読める。この手紙は、女将が自分の息子に宛てたものだった。

通信所にはすぐに辿《たど》り着いたのだが、帰り道では空腹の度合いも限界に近づいていた。

一歩進むごとに、腹の虫が鳴くようだ。

たまりかねて莉英が右手を腹に当てると、ぎゅるるるるるっとすごい音がした。

「あーあ……」

このまま夕飯まで食事抜きというのは、正直言って、かなりつらい。

少しばかりの小遣いは、青林の薬代の足しにしてまったく残っていなかった。倒れそうなくらいに空腹だったが、しけた顔をしてはいられない。気力を振り絞って歩いていた莉英は、茶店で涼んでいる大我《たいが》と行き合った。

「よう、莉英」

「大我さん」

相手の顔を見たくて少しだけ頭布を上げると、大我は快活に笑った。

「どうしたんだよ、足許がふらついてるぞ」

「ちょっと、お腹空いて……」

笑いたかったのに、安心して気が緩んだのかもしれない。

躰に力が入らずにへたへたとその場に座り込んだ莉英を見て、大我は慌てて腰を浮かせる。

「大丈夫か、莉英」

腕を摑んだ大我にごく間近で瞳を見つめられ、莉英は頰を染めた。

「平気、お腹空いただけだから」

「だったら飯くらい奢《おご》ってやるから、食っていけ」

「でも……」

「いいって、餓鬼が遠慮すんな」

彼は茶店の向かいにあった飯屋に莉英を連れ込むと、「腹に優しそうなものを」と注文した。粥《かゆ》だけで十分なのに、やわらかそうな煮物や汁物が次々運ばれてくる。

「あの……」

「今日は臨時収入があったんだ。変に気を回すなら、出世払いにしてくれよ」

大我はにやっと笑って、自分は酒のなみなみ入った椀を口に運ぶ。真っ昼間から酒なんて、などという無粋なことは考えないようにし、莉英は素直に頭を下げた。

「ありがとうございます」

ご馳走《ちそう》になることに決めた莉英を見下ろし、大我は満足げに大きく頷いた。

「莉英、おまえ、可愛くなったな」

「えっ？　顔は変わんないですけど」

「顔じゃなくて、性格。前は変に遠慮してばっかりだったけど。人の厚意を素直に受け取れるのは、いいことだぞ。大きな武器になる」

可愛い、なんて。青林以外の相手から言われたのは初めてだ。

褒められたのが顔じゃなくても、嬉しい……。

きゅんと胸が震え、莉英は言葉をなくしてしまう。

真っ赤になった莉英に、大我は「もっと食えよ」と言った。

「ここにおまえが来てから、何年経つ？」

「い、一年半くらい。俺、もうすぐ十五ですよ」

「おまえは偉いな。ちっともここの汚い水に染まらない。それどころか、ちゃんと成長してる」

「みんな、俺に優しくしてくれるから」

「なるほど」

満足げに頷いた大我は、酒肴《しゅこう》をのんびりと口に運ぶ。

莉英より十歳近く年上の大我は用心棒としてだけでなく、太白家《たいはくや》の番頭として采配《さいはい》を振っている。彼がやり手で客あしらいが上手いというのは、莉英も噂で伝え聞いていた。

「そういやおまえ、こないだの夜中に天帝廟《てんていびょう》のほうに歩いていったろ」

「ええっ⁉」

驚きに声が上擦り、莉英は口に含んだ汁を噴き出しそうになった。

「違ったか？　ほら、郷の裏門を出たところにある……」

「廟に行くの、見ちゃった⁉」

「ん？　おまえ、もしかして願掛けしてんのか」

「…………」

慌てて莉英は左掌で口を押さえたが、あとの祭りだった。

「大丈夫だよ。毎晩通うことが大事なんだ」

「でも……」

通っていること自体を口にしてしまったら、願掛けの意味がなくなってしまうのではないか。焦る莉英に、大我は「心配するな」と肩をぽんと叩いてくれた。

それだけで安堵してしまえるのだから、我ながら不思議だった。

「今日も通うんだろ？　ご褒美に、桃饅頭《ももまんじゅう》を買ってやるよ。皆で食うといい」

「桃饅頭？」

「お遣いの帰りに寄り道したこと、口止めしなくちゃならないだろ」

大我は立ち上がると、饅頭を買うために外に出てしまう。そのあいだ莉英は、並べられた料理を懸命に片づけた。

出会ったときから、大我だけは莉英に対する態度をまったく変えようとしない。

男らしくて優しくて、強きを挫《くじ》き弱きを助けるという侠気《きょうき》がある。

莉英は絶対にあんなふうにはなれないからこそ、大我の存在に憧れてしまうのだ。

大我が青林の客だったらいいのに。そうしたら自分も、もっと楽な気持ちで青林の仕事を応援できたのに。

とにかく、願掛けは今日から仕切り直しだ。

青林が元気になったら、大我と引き合わせてみようか。

ちり、と胸の奥が熱く疼《うず》く。

それが何なのかはわからないが、心の中がもぞもぞとして落ち着かない。莉英はぬるくなった茶を口に運んだ。

雨が、降り続いている。

――願掛けは効かなかった。

じっとりとした空気はいやに生温かく、膚にまとわりつくみたいだ。客も取れない男妓《だんぎ》に上部屋を与える必要はないと、青林は二階でも一番薄暗い陽当たりの悪いところに追いやられてしまった。移る前に莉英があらかじめ掃除をしたのだが、建て付けが悪くてあちこちが軋《きし》んでいる。埃と黴《かび》の匂いがし、青林は青白い顔で咳《せき》ばかりした。

「兄ちゃん……大丈夫？」

青林は完全に意識を失ってしまっているらしい。

今日はまだ、一度も話をしていない。

このままでは、永遠に彼と会話をできなくなるのではないか。その暗い予感を払拭《ふっしょく》したくて折りを見て必死で話しかけても、荒い息が戻ってくるばかり。

特別に仕事を休んで看病をしていいと言われたのは、女将もきっと、何かを予期しているのだろう。

「兄ちゃん……」

我慢できずにぽたぽたと涙が零れ、莉英は啜《すす》り上げる。

口が軽い自分が憎らしかった。

あのとき、大我に自分が願掛けをしていると口に出してしまったせいだ。だから、天帝様には莉英の願いが届かなかったに違いない。

死なないで。一人にしないで。

あとは声にならず、莉英はひたすらしゃくり上げる。

「莉英……？」

ふと弱い声がして、莉英は急いで兄の顔を覗き込んだ。

「兄ちゃん！」

「莉英……ごめんね、こんなに真っ暗で……仕事だろう？」

か細い声音には力がなく、すっかり震えている。目を開けるのも億劫《おっくう》なのか、それとも莉英が視界に入っていないのか、彼の瞳の焦点は合っていない。

それに、今は暗くなんてない。雨は降っているけど、昼間なのに。

「女将さんに…怒られる。……もう行きなさい……」

「そんなことといいんだよ、兄ちゃん。早くよくなってくれれば」

「…無理だろうね」

なおも小さな声で、青林はぼそぼそと言った。

「自分の中から、何かが零れてく……」

青林は瞬《まばた》きをし、膝を突いて自分を見下ろす莉英に向かって微かに笑った。

「兄ちゃん、大丈夫だよ、ちゃんと元気になるよ」

「莉英。生まれてきたときのおまえは、とても、可愛かったんだよ」

掠《かす》れた声で、青林は唐突に呟く。

「膚はつるつるで剝《む》いた卵みたいだった。目も大きくて、私とは違って猫みたいで……こんなに可愛い赤ん坊はいないって、思った。おまえは私の自慢だった……」

そこで苦しげに青林は数度咳《せ》き込み、再び続けた。

「だけど、少しだけ悔しかった。父さんも母さんも、おまえを可愛がるから」

「…………」

「だから、私はおまえを疎ましく思った。それで、天帝様は罰をくださったんだろう。私が、おまえを見るたびに後悔するように……」

独白は途切れ途切れで、実際にはひどく時間がかかった。

「そんなことないよ。俺が醜いのは、俺の心が汚いせいだ。だから兄ちゃんには関係ないんだ！」

必死で言い募った莉英は、青林の胸に取り縋《すが》る。このままでは、兄が死んでしまう。そう思ったからだ。

「おまえはいい子だね、莉英。いつも優しい。誰も恨《うら》まず……憎まず、自分だけを責めて……」

青林は苦しげに呟く。

「おまえは、本当はとても綺麗なんだ。いつかきっと、おまえを愛してくれる人が現れる。それを、忘れてはいけないよ」

頬に触れた青林の指はかさかさで、まるで棒きれのように痩せ細っていた。

幸せに、と彼の唇が動く。

兄の指を受け止めようと思った次の瞬間、骨張った手が布団に落ちた。

「兄ちゃん……？」

兄ちゃん、と掠れた声で呟いた莉英は、慌てて青林の腕を摑む。

脈がないなんて、嘘だ。見つからないだけだ。こんなの違う。

ほら、まだあたたかい。大丈夫だ。

莉英は必死になって青林の腕を探り、何度も脈を確かめた。首に触れ、頬に触れ、目を開けてほしくて瞼《まぶた》に触れる。

「兄ちゃん！　兄ちゃん、嫌だ……嫌だよ、兄ちゃん……！」

死なないでと莉英は繰り返す。しかし、青林が目を開けることは、もう二度となかった。

女将が煙管《きせる》から吐き出した煙が、まともに莉英の顔を撫でる。

「困ったものだねえ」

「…………」

いったい何度、その言葉を聞かされただろうか。

女将の私室に呼び出された莉英は、背もたれのない椅子に腰を下ろし、ただひたすらに縮こまるほかない。

女将は黒檀《こくたん》の椅子に座して足を組み、煙管を吸っている。この部屋は、狭いが銀釵楼で一番贅《ぜい》を凝らしており、生けられた花も瑞々《みずみず》しかった。

青林が亡くなって、五日。

はじめは泣いていたけれどそうしてばかりもいられずに、供養やら何やらを済ませて、漸く莉英の気持ちも一区切りがついた。

「青林は確かにうちの売れっ子だったけどね。あの子に貸していた部屋代と布団代、衣装代、食費におまえたち下働きの費用……それらをもろもろ足したら、足が出ちまう」

「嘘だ！」

このところ、莉英はそろばんだって弾けるようになっていた。だから、青林が借金まみれだったわけではないことはわかっている。

だが、女将は「世の中には利子ってものがあるんだよ」と突き放した。

「でも……」

「青林は借金を返さずに死んだ。こうなったら、おまえの故郷の両親に金を返してもらうしかないねえ。ああ、妹がいるんだっけ？　青林に似てるのかい？」

女将の赤い唇から、煙の代わりに恐ろしい言葉が漏れる。

「ま、待ってください！」

両親の消息は年に二、三度、このあたりを回ってくる女衒に聞くだけだが、邑《むら》は相変わらず貧しく家族は飢えているらしい。飢饉はまだ続いているし、ここで青林の借金を返せなどと言われたら、彼らは飢え死にしてしまう。故郷から離れているからといって、借金を誤魔化して逃げることなどできない。世の中には、取り立てを商売にする連中もいるのだ。

「俺がお金を稼ぎます！」

「へえ、どうやって？」

小馬鹿にしたような口調だったが、むっとする余裕などなかった。

「どうって……」

言葉にならなかった。

桃華郷にいる以上、一番確実な商売はこの躰を売ることだ。

郷の家族のためにも、自分が頑張るしかない。その覚悟もある。客が同性だろうが異性だろうが、そんなことは気にならない。

……だけど、こんなにも醜い自分を、誰が買ってくれるだろうか。

「まさか、その顔で店に出るなんて言うんじゃないだろうね？」

ふう、と女将が煙を吐きかける。

「呆れた話だねえ！　おまえ、二年もここにいて、何も学ばなかったのかい？　おまえはこの店の、いや、桃華郷全体の面汚しなんだよ。馬鹿だね、そんな醜い顔で金なんて稼げるもんか！」

「でも、だからって何もしないわけにはいきません！」

「はっ。そんなに稼ぎたけりゃ、窯子《ようし》に行きな！　あそこは真っ暗で、顔なんて見えないからね。どんな人間だって饂飩《うどん》一杯の値段で買ってもらえるだろうよ」

侮蔑《ぶべつ》を込めて吐き捨てられた言葉だが、それに縋るほかなかった。

「じゃあ、借金を返すのは待ってもらえますか？」

「それはそれに決まってんだろ？　妹を寄越しな。おまえは好きに、自分の生活費に日銭を稼げばいい」

それじゃ、何の解決策にもならない。どうしようかと莉英が思い詰めて唇を嚙み締めたところで、「まあまあ」という暢気《のんき》な声が割って入った。

今の声は、ちょうど二人の真上——頭上から聞こえたような気がする。

仰天した二人が同時にばっと顔を上に向けると、少年が梁《はり》に腰かけていた。いったいいつの間に、あんな高いところに登ったのだろうか。

「し、四海《しかい》様……」

女将の言葉に、莉英は初めてそれが誰かを知った。

莉英は初対面となるが、噂だけならばかねがね聞いている。悪戯好きで見た目は可愛らしく、人間が大好きな神仙だと。

「その子は、大事な兄を亡くしたばかりじゃ。いきなり借金を返せと詰め寄るのも気の毒だ。少し待ってやってもよいであろう？」

「四海様、いきなり現れて私たちの話に入るのも……」

悪びれぬ様子で続ける女将に、ちらと四海が一瞥《いちべつ》をくれた。まるでその場が凍りつくような、冷たい視線だった。

「そなたが青林のおかげでいくら稼いだか、知っているぞ。そなたはどうも、計算が苦手になったようじゃのう。随分間違いがあるようじゃ。そろそろ店主を変えたほうがいいんじゃないのかね？」

四海の言葉に、女将は怯《おび》えたように身を竦ませる。

「その残りならば、待ってやれぬ額でもあるまい」

「――少しとは、どれくらいですか？」

「まあ、せいぜい五年だな。きっとこの子は売れっ子になる」

女将は馬鹿を言わないでくれとでも言いたげな顔になったものの、さすがに仙人に対して反駁《はんばく》するのは失礼だと思ったらしく、ごほんと咳払いをするに留《とど》めた。

「まったく、仕方ないね、莉英。じゃあ、四海様の言うとおりに五年は待ってやるよ。でも、少しずつ借金は返してくれないと」

「はい」

願ってもないことだと、莉英は力強く頷いた。

「ただ、うちにはおまえを置いてはおけないよ。おまえを置いていたのは、青林の頼みだったからねえ」

「だけど、それじゃ……」

女将の最後の意地悪に、莉英は表情を曇らせる。

「お生憎《あいにく》様。働くあてがなけりゃ借金も返せないけど、それは私の知ったこっちゃないよ。まあ、私はおまえが五年以内に諦めてくれれば、そのほうが楽なんだけどね」

出ていけと言われたら、いつまでもここにしがみつくことはできない。

そうでなくとも、借金返済を五年待ってくれるというだけでも、有り難い話なのだ。

「どれ、一筆書いてやるかね」

女将は紙と筆を出すと、そこにさらさらと文字を書きつける。

「四海様、これでよいでしょう？」

彼女が書いた契約書を見やり、四海は「うむ」と神妙な顔で頷いた。

「ありがとうございます、四海様」

「いいということよ。また会おうぞ、莉英」

そう言うと四海はぱっと姿を消してしまった。まるで空気のように掻き消えたことに驚きつつも、莉英は女将に向かってお辞儀をした。

「――長いあいだ、お世話になりました」

深々と頭を下げた莉英は立ち上がると、大部屋へ向かう。自分の荷物が入った葛籠《つづら》を持って、この楼から出ていかなくてはならないからだ。

本当は、窯子に行くのに、何かしらあてがあったわけではない。だが、青林の墓だって建てなくてはいけないし、何よりも、彼が生きてきたことを無駄にしたくない。

青林はここで生きた。その証《あかし》を残したいのだ。

莉英がこの桃華郷で生き抜けば、青林は莉英の兄として皆の記憶に留まるだろう。

「……莉英！」

部屋で仲間たちと車座になって話していた光陽が、戻ってきた莉英に気づいて顔を上げた。

「どうだった？」

駆け寄ってきた光陽たちを安心させるために、莉英は精一杯明るい笑顔を作った。

「借金を返すのは五年待ってもらえることになった。でも、ここは出ていかなきゃ」

莉英が唇を綻ばせると、光陽は愕然《がくぜん》とした顔になった。

「五年待ってって……でも、ここを出てってどうするつもりなんだよ!?」

「働き口を探すよ。下働きなら慣れてるし」

「下働きで、借金を返せるもんか！　あの強突張《ごうつくば》りのばばあが、青林さんにどれだけ借金を負わせてるかわかってんだろ？」

この店で働いて長い光陽は番頭候補だったし、帳場のこともわかっている。借金の仕組みについても、詳しかった。

「出ていけって言われたから、ここにはいられないよ。今まで、ありがとう」

莉英は自分の荷物の入った葛籠を持ち上げる。

青林の遺品は、ほとんどすべてを借金の形《かた》に取られてしまった。残されたのは、青林がいつも身につけていた佩玉《おびだま》くらいのものだ。

行き先など、どこにもない。だけど、どうにかしなくてはならない。

莉英の脳裏を過《よ》ぎったのは、大我の顔だった。

太白家は、大通りから外れたうらぶれた場所にあった。建物の裏手は河原が広がり、どこか荒涼としている。

桃華郷において多くの建物は二階か三階建てとなるが、太白家は木造の平屋だった。かたちばかり塗った丹《に》はあちこちが禿《は》げており、夜間は少しは粗も隠れるだろうが、昼間のこの時間ではそうはいかない。安っぽい朱色がよけいに薄っぺらなものに見え、ここが最下層の店だということを、否応なしに意識させられた。

かつて、建物の外から東昇閭《とうしょうりょ》やほかの楼を見たことはあり、窯子とは閭《りょ》や楼と違ってああいう華やいだ趣のある店でないことは予想していた。しかし、桃華郷にある店だし、実質的でありながらもどこかに華が残っているだろうと思っていたのだ。

だが、その想像はすぐに打ち破られ、怖くて足が竦んだ。

いかにも急ごしらえという様子の粗末な建物は薄汚れており、壁に開けられたのは覗き穴だろう。勇気を出してそこから屋内を覗き込むと、奥には薄衣を身に纏った裸同然の少年たちが横たわっていた。

覗き穴を使って品定めをし、自分が寝たいと思う子を選ぶに違いない。

ここにいる少年たちは、並べられた商品でしかないのだ。

「何やってんだ、莉英」

「大我さん！」

大我は仕事前らしく、偃月刀《えんげつとう》を腰に差して真剣な顔で莉英を見下ろしている。

「青林のことは、聞いたよ。可哀想なことをしたな」

手を伸ばした大我が、いつものように髪を撫でてくれる。そのあたたかな掌で。

「兄ちゃんは、躰……弱かったから」

そのうえ、太陽にさえもまともに当たれないような過酷な環境が、青林には悪い方向に作用したのだろう。

大我は何も言わずに、莉英の薄っぺらな肩を抱き寄せる。彼の胸に顔を埋《うず》めるかたちになり、その匂いを嗅《か》いだ莉英はわけもなくどきりとした。

「墓はどうした？」

「外れの墓地に埋めてもらったよ。どうしようもないもん」

「そう、か。墓参りも大変になるな」

呟いた大我は莉英の頭を撫でながら、更に問うてきた。

「今から郷を出るんじゃ、夜になるだろ？　街道には野盗も出る。出発は明日にしたらどうだ？　それにその葛籠、旅行には向かないぞ」

「俺、ここを出ていきません」

大我が何を誤解しているのかわからず、顔を上げた莉英はきっぱりと答える。

「じゃあ、その荷物は？　このまま銀釵楼に置いてもらえるのか？」

「ううん。俺、銀釵楼にはもういられないんです。だけど、窯子なら雇ってくれるって、女将さんが」

　それを聞いた大我は、驚いたように莉英から身を離した。

「何だって？　俺にわかるように説明してみろ」

「兄ちゃんの借金を返さないと、邑の家族に迷惑がかかるんです。でも、四海様のおかげで、女将さんが五年は待ってくれるって言うから、ここで働いて返そうと思って」

　莉英は懸命に、訥々《とつとつ》と現状を説明する。大我ならば、必ず莉英の覚悟をわかってくれると思ったからだ。

「窯子で働いて、青林の借金を返すつもりか？　莉英、おまえ、窯子の稼ぎがどれだけだと思ってんだよ」

　大我が声を荒らげた。夕刻の陽射しが彼の顔を照らし出し、その険しさを演出するように、はっきりとした陰翳《いんえい》をつける。

「だって」

「そりゃあ、ただの下働きよりは窯子で躰を売るほうが割がいい。だがな、そういう問題じゃないだろ？　簡単にできるようなことじゃないんだぜ。躰を売ることだけが、ここで生きる道じゃない」

「五年であれだけの借金を返すなんて、普通にやってたら無理です！」

　四海のおかげで正しい借金の額が判明したが、それだって、普通に暮らしていたら返済に何十年とかかりそうな金額だった。

今まで自分が寝食を保証されていたのは、青林のおかげだ。のうのうと生きてきたつけを、故郷の家族に払わせるわけにはいかなかった。

どうすれば大我が自分の気持ちを理解してくれるのか、わからない。だけど、莉英にはもう、大我しか頼れる人がいない。

この桃華郷に住んで、二年。

店の仲間以外に心を通い合わせた相手は、大我だけだったのだ。

「俺には責任があるんです。兄ちゃんが死んだのも、俺の願掛けが……」

「――もうちょっと、おまえが利口だと思ってたよ」

腕組みをした大我は冷然と莉英を見下ろし、厳しい声音で遮った。

いつも優しかった大我がこのような瞳で自分を見るのは、まさに初めてのことだ。彼にこんな顔をさせてしまったことが悲しくて、胸がずきずきと痛くなった。

だけど、一度決めたことを撤回することはできない。

「絶対に無理だ。おまえに男妓なんて務まるわけがない。泣きを見る前に、故郷に帰りな」

「…………」

まさか、大我にここまで反対されるとは、思ってもみなかった。

そもそも、大我はこの窯子の用心棒兼番頭だ。人の躰を売る手助けをする人間が、それを反対するとは誰だって思うまい。

大我は莉英を必要以上に甘やかすことはなかったものの、いつも突き放してくるわけでもない。こういうときだって、誰よりも親身になってくれるとばかり思っていた。

だが、今の大我は険しい顔をしており、真剣そのものだ。

途方に暮れる莉英が色を失って呆然《ぼうぜん》と相手を見上げると、動揺に気づいたらしく、大我がやっと表情を和《やわ》らげた。

「ほら、俺も仕事が始まっちまう。おまえも今日くらいは宿屋で寝て、明日一番に帰れよ。……いいな？」

「けど！」

莉英が反論しようとしたが、大我は口を噤ませようというのか、ぽんぽんと頭を叩いた。

「そりゃ、俺もおまえに会えなくなるのは淋しいよ。でも、仕方ないだろ？　——今夜はあそこの角の宿屋で待ってろよ。仕事終わったら、何か奢ってやるから」

「……うん」

これ以上大我に縋ったところで、彼が考えを翻すことはなさそうだ。これまでに大我とは何度も言葉を交わしたが、その気質は感じ取っていた。

肩を落とした莉英は、あてどもなく歩きだす。無論、大我の教えてくれた宿に泊まるつもりはない。

このまま尻尾《しっぽ》を巻いて邑に帰るわけにはいかない。何としてでも、窯子で仕事を見つけなくてはならないのだ。

陽が落ちた道を歩き、莉英は太白家にほど近い窯子の戸を叩いた。

出てきたのは、いかにも欲深そうな中年の男だった。

「お客さんですかい？」

疑わしげな口調で、男はじろじろと不躾《ぶしつけ》に莉英を眺め回す。

「俺のこと、買ってもらえませんか？」

「ん？　色子希望か？　……どれ、こっちに来な」

腕を引かれた莉英は、改めて灯《あか》りの下に連れて行かれた。

「っ」

男は一度息を呑み、同時に莉英の腕をぱっと放す。

「ああ、だめだな。病人は店にゃ置けないよ」

「どうしてですか？　俺、病気じゃないです。これは…」

莉英はなるべく丁重に説明しようとしたが、男はまるで信用してくれなかった。

「仮に病気じゃないにしても、面倒は御免だよ。難癖《なんくせ》つけてくる客はいるんでね」

まるで信じてもらえないまま、猫の子のようにぽんとつまみ出されてしまいだ。

あちこちの店を訪れ、莉英は懸命に説明したものの、信じてくれた者は皆無だった。

界隈《かいわい》にある最後の窯子を出た莉英に、「おい」と声をかけてくる者があった。

「はい、」

振り返った莉英は、唐突に腕を引かれた。いきなりのことにどうすることもできず、莉英は男に向かって倒れ込む。黒尽《ずく》めの衣を着た男は三十代くらいか、莉英よりもずっと年上だ。

「なっ…」

すぐさま熱っぽく湿った掌で強く口を塞《ふさ》がれ、悲鳴も上げられなかった。

「んーっ……んんっ……」

必死で呻《うめ》いてみたものの、音にならない。時間が時間だけに、あちこちの店から浮かれた音楽や歌が聞こえ、莉英の喉奥《のど》から生まれる悲痛な声を掻き消していく。

連れて行かれた先は、窯子が立ち並ぶ一角のちょうど裏側にある川岸だった。

水の音が聞こえる。

男は川岸を大股《おおまた》で下り、引きずられる莉英の足はあちこちが鋭い草で切れて血が出ていた。

藪《やぶ》の近くで立ち止まった男に、莉英は乱暴に突き飛ばされた。

「う！」

臀部《でんぶ》をしたたかに打ちつけて動けなくなったところで、相手がのしかかってくる。

「やめろ！」

何をするのか問うべく大きく開いた口に、今度は布きれか何かを押し込まれる。

息が苦しくなり、すぐに目尻に涙が滲んだ。

「おまえ、窯子にも雇ってもらえなかったできそこないなんだろ？」

蔑むような口調だった。酒臭いなまあたたかい息が、莉英の首筋を掠める。何かで腕を縛られ、莉英はすっかり抵抗を封じられてしまう。

「んーっ」

抵抗したいが、華奢な躰は力も入らない。このところは青林の葬儀のために多忙で、すっかり疲労困憊《ひろうこんぱい》していたことも災いしたのかもしれなかった。

男は莉英の短袴の紐を緩めると、それを引きずり下ろした。

嫌だ！

「うーっ‼」

自分の脚のあいだに膝を突いた男に足首を摑まれ、それをそのままぐっと男の頭上高く持ち上げられる。秘所を露にされる蛮行は初めてで、莉英は目を見開いた。

「初物か？　へっ、運がいいな」

男は自らの衣服を緩めると、熱く昂《たかぶ》ったものを莉英の蕾《つぼみ》に押しつけてきた。

「ん、んううーッ！」

男の性器の尖端《せんたん》が、硬く窄《すぼ》んだ部分に強引に突き立てられ、声にならない悲鳴が喉奥から溢《あふ》れる。無理やり押し込もうとする行為の残虐さに、頭が真っ白になる。

痛い。苦しかった。

無理だ。そんなことされたって、入るわけがない。できるはずがない。

尖端しか入らないことに焦れ、男が舌打ちをした。

「くそ、緩めやがれ！　入らねえのかよっ！」

男は苛立ったように声を荒らげ、闇雲に莉英の尻を叩く。それでもだめだとわかると、今度はふくろを摑んだ。

「潰されたくなかったら、緩めろよ」

恐怖で全身ががちがちに強張り、尚更《なおさら》、躰が言うことを聞かなかった。

「おまえみたいに薄汚い餓鬼は、初物に価値もねえよ。もらってやるんだから、もっと悦びな」

腹いせに何度殴られても、経験がないのだから、緩め方などわかるわけがない。

「うー…っ……ううう……」

あまりの苦痛に動物じみた声を漏らしながら、莉英は泣きじゃくった。

「くそ、この役立たず！　できねえってんなら、挟《はさ》めよ」

莉英を腹這《ば》いにさせ、男は腿《もも》と腿のあいだに強引に性器を挟ませる。熱く猛《たけ》ったものが莉英の性器を押し上げてぴったりと重なり、吐き気がするほど嫌だった。

「きちっと締めてろよ。痛い目に遭いたくなければな」

吐き捨てた男が動くたびに、必死になって両脚に力を込めてそれを締めようとした。

「……うう……うっ」

気持ち悪い、気持ち悪い……怖い。どうしてこんなことになってしまったんだろう。

「締めろって言ってんだろ！」

叱責《しっせき》する男が、ぴしゃんと双丘《そうきゅう》を平手で叩く。

必死で男のものを股のあいだに挟みながら、莉英は声にならない声を漏らし続けた。


大きく伸びをした大我は、太白家の戸締まりを終え、帳場にいる女将に挨拶をする。

「あんたも大変だったねえ、今日の大立ち回り」

今夜は色子に手を上げようとした男性客を叩き出し、思ったよりも派手な立ち回りになってしまったのだ。それを労《ねぎら》うべく銅貨を数枚渡され、礼を言った大我は店をあとにする。

それから、この金で莉英に何か食わせてやろうと、約束の宿屋へ足を向けた。

働いているあいだ、ずっと莉英のことが気にかかってそわそわしてしまった。早く終わらせたくて、立ち回りのときも、必要以上に乱暴にしてしまった気がする。

桃華郷は陽都中から人が集まり、泊まりがけで何日も逗留《とうりゅう》する客が多い。そういった連中を相手にする宿屋が何軒もあり、風呂屋とともに繁盛していた。宿屋の質も千差万別で、莉英に教えてやったのは、その中でも一番安い部類の宿だ。

「ごめんよ」

暖簾《のれん》を潜《くぐ》ると、酒楼の酌婦《しゃくふ》が「あら、大我じゃないの」と声をかけてきた。酌婦は躰を売らずに男たちに浴びるように酒を飲ませるのが商売で、そのためにはきわどいところまで許すこともある。

「莉英はもう寝たのか？」

泣き疲れて、寝てしまった頃だろうか。

「莉英？」

近寄ってきた女性が、小さく首を傾《かし》げた。

「銀釵楼をやめた下働きだ。こう、背が低くて……頭に布を被ってる」

大我が身振りで示したものの、彼女は肩を竦めて「いないわよ」と答えた。

「子供ってことでしょ？　そんな客、来てないわ」

「来てないだと？」

ぴくりと大我のこめかみのあたりに力が籠もる。

「そうよ。子供の話なんて、あとでいいじゃないの。あたしのところへ泊まらない？」

凭《もた》れてきた彼女にしなを作られたものの、大我はさりげなく避ける。悪いが彼女の相手をしていられなかった。

「ありがとよ、また来る」

「もう！　大我ったら！」

肩すかしを食った彼女が手を振り上げたが、大我は気にせずに早足で店を出た。

桃華郷でこれ以外の宿は、借金を心配する莉英には泊まれない高級な店だ。それを知らない莉英でもあるまい。

嫌な予感が胸中に立ち込める。

——まさか。

そんなことはないと思うが、あれで莉英は意外と頑固なところがある。

念のため、大我は窯子を回ってみることにした。この嫌な気持ちを払拭《ふっしょく》しなくては、自分が安心できないとわかっていたからだ。

「ちょっといいか」

太白家の隣の窯子に行って裏口から声をかけると、女主人が顔を覗かせた。

「はい……ってあら、大我じゃないの。どうしたの？」

「今日、背の小さい子供が雇ってくれって来なかったか」

「ああ、来たわよ。見苦しい子でしょ」

彼女は吐き捨てるように言った。

「背格好が小さいのはいいとして、あのご面相じゃあねえ。窯子でだって雇えないってお断りしたけど、それがどうかしたの？」

「いいや、何でもない。すまなかったな、こんな時間に」

大我は首を横に振ると、そそくさと店を後にして次の窯子に向かう。

疑念は確信に変わっていた。

太白家で雇わないと言ったから、莉英は別の窯子に向かったのだ。

さまざまな種類の窯子を回ったが、莉英はすべての店に断られたらしい。最後の店に立ち寄った大我は、どうしたものかと困惑を覚えた。

すべての窯子に断られて、いたたまれなくなってこの街を出たのか。しかし、大我のような逞《たくま》しい男ならともかく、莉英のような華奢な少年が夜更けに出発するのは自殺行為だ。盗賊に襲われても、文句は言えなかった。

ならば、彼はこの街のどこかにいるはずだ。

仕事を終えて二時間近くが経ち、大立ち回りしたこともあって、さすがの大我も疲れていた。

本来ならば、莉英に対してここまで面倒を見る義理はない。

だが、莉英はなぜだか特別だ。

あの子は大我を、放っておけない気分にするのだ。

夜が明けてきたが、もう少しだけ捜してみよう。

もしかしたら、河原で一人泣いているかもしれない。そう思って川岸を下りていく大我の足に、何かが当たった。

粗末な葛籠だった。

こうした葛籠は、この街で暮らす色子や下男が自分たちの衣服や生活用品を入れるためのもので、さほど珍しくはない。けれども、開いた隙間から飛び出したくすんだ色合いの着物に、見覚えがあった。

こんな着物、どこにでもあるありふれたものだ。

そう自分に言い聞かせようとしたのに、妙に胸が騒ぐ。

「おい、莉英！」

大我は思わず、声を上げていた。

「莉英、いないのか？」

声をかけながら数歩進んだ大我は、藪の中から白いものが突き出ているのに気づく。

慌ててそちらへ近寄ると、それは少年のものと思《おぼ》しき二本の足だった。

「莉英!!」

叫びながら枝々を払った大我の視界に、倒れた莉英の姿が飛び込んでくる。

横たわった莉英は、ぴくりとも動かない。

「莉英、おい、莉英」

狼狽《ろうばい》しつつ触れた躰は、あたたかい。

抱き起こした莉英の首筋に手をやると、幸い脈はあった。

気を失っているのだ。

しかし、莉英が犯されて捨てられたというのは、その腿のあたりを彩る血痕《けっこん》や精液からも明白だった。

「しっかりしろ」

ぱたぱたと頬を何度か叩くと、それに反応した莉英が身じろぎする。だが、それだけだ。

「ん……」

こんなに酷《ひど》い真似をしてのけるとは、犯人が許せなかった。

おそらく、金がなくて色子を買えないような甲斐性《かいしょう》なしの男が、窯子を回る莉英に目をつけ、暗がりに連れ込んで襲ったのだろう。

「畜生……」

そうでなくとも治安のいい桃華郷では、こんなことは滅多に起こらない。あってはならないはずの事件だった。

どうして、最初に彼が自分に相談をしてきたとき、もっと親身になって相手にしてやらなかったのか。

そもそも、莉英と初めて会ったとき、自分は何と言った？　この桃華郷を守り、お客さんが愉しく過ごせるようにするのが己の仕事だと告げたはずだ。

言うなれば、この郷の者たちを守ることもまた、大我の使命の一つなのだ。

なのに、大我は莉英を守ってやれなかった。

自分が、莉英の本気を受け止めてやらなかったからだ。いざというときに、優しさという名の無責任さで、莉英を突き放してしまったのだ。

——選ばなくてはいけない。

確かに彼の姿形は、美しいものではない。しかし、見た目はともかく、莉英の場合は仕種や発言の一つ一つに愛嬌《あいきょう》があって可愛かった。それだけではなく、己の醜さに悩み苦しみつつも、日々を必死に生き抜こうとするひたむきさと他者への優しさがあった。

だからこそ、莉英が郷に染まって変わってしまう前に、大我はここから彼を追い出したかったのだ。

だが、一度でもこの地獄に足を踏み入れた人間が、そう簡単に抜け出せるわけがない。

たとえ躰を売っていなかったにしても、莉英は最早《もはや》、桃華郷の人間だ。彼もまた、ここにしか居場所がないのだ。

ならば、そんな莉英を追い出したところで、いい結果など出るはずがなかった。

覚悟を決めなくては、いけない。

どうせこの桃華郷から逃げられない以上は、ここで莉英が生き抜く方法を考えてやるほうが親切というものだった。

それが、最初に情をかけた大我の責任だ。

それに、もしかしたら莉英ならば、この大海を泳ぎ切れるのではないか。

この桃華郷で、愛欲に押し潰されることもなく。

決してこの郷の色に染まることのない、美しくしなやかな心を持つ遊妓《ゆうぎ》。

そんな遊妓を、この手で作りだしてみたかった。

4

「ン……」

目を覚ました莉英《りえい》は、のろのろと寝返りを打つ。

昨日までと違う肌触りの布団。牀榻《しょうとう》の固さにも、違和感があった。

ぺったりとして薄い布団はいつもどおりだが、その中がやけにあたたかい気がする。

何気なく前に手を伸ばすと、硬いものが当たった。

——え？

慌てて引っ込めた手を、もう一度前に伸ばす。

やはり、何かが手にぶつかった。

いったい何が起きたのかわからずにおそるおそる目を開くと、そこには誰かの背中があった。

もしかして……大我《たいが》？

見覚えのある背格好からの推測だったが、そうとしか思えない。

起き上がって顔を見ようとすると、その気配で目が覚めたらしく、相手が動いた。

こちらを見上げる人物は、やはり大我だった。

「大我さん……」

「よう」

慌てて見回した家が一間しかないのは、奥に玄関が見えたのですぐにわかった。手狭な割にがらんとしており、牀榻と机、椅子が一つだけしかない。玄関のそばに煮炊きする場所があるのが、遠目にわかる。

大我は一人で暮らしているんだと、わけもなく思った。

「早いな、莉英。まだ昼前だろ」

銀釵楼《ぎんさいろう》にいるときは、下働きや僮《どう》たちは朝早くから起きて料理の下ごしらえや掃除と、忙しく働いたから珍しいことではない。しかし、そう返すための言葉が出ない。

咳払いして、莉英は漸く掠れた声で切り出した。

「あの……俺……」

「ん？　ああ、おまえが河原の土手に転がってたのを見つけて、連れて帰ってきた。躰、平気か？　辛くないか？」

何事もないように言われ、莉英は真っ赤になった。

首の後ろ側が、ちりちりと熱い。耳まで蕩《と》けてしまうかもしれないと、思った。

見られたんだ。

あんなろくでもないところを……よりにもよって、大我に見られたのだ。

止められたのに、言うことを聞かなかったから、自業自得だ。

恥ずかしくて情けなくて、みっともなくて。

いろいろな感情が一気に押し寄せてくる。

莉英は痛む躰を無理に起こして布団から抜け出すと、その場に立って深々と頭を下げた。

「ありがとう、大我さん。助けてくれて」

「莉英」

「お世話になりました」

よろよろしながら歩きだそうとしたものの、躰がふらついて布団に倒れ込みそうになる。

起き上がった大我が莉英の肩を支え、心配げに顔を覗き込んできた。

「お世話にって……これからどうするんだ？」

「俺のこと、雇ってくれる店を探します」

「……まったく」

大我がふうっと息を吐き出した。

「どうしてそう、おまえは短絡的《たんらくてき》なんだ」

「短絡的じゃありません。俺は、俺にできることをしたいだけです」

莉英は真っ向から大我を見つめる。

己の醜さはいやというほどわかっていたが、何でもいい。一つでもいいから、できることをしたい。その一心だった。

「――なあ、莉英」

不意に、大我が口を開いた。

「俺はおまえのこと、可愛いと思ってるんだよ」

「か、可愛い？」

前にも大我に言われたことがあるけれど、信じられなくて、つい、聞き返してしまう。

「うん。昔、死に別れた弟によく似てるからな」

「俺が？」

そうだ、と大我はどこか淋しげな顔で頷いた。

「雰囲気っていうか、空気がさ。それで、おまえは俺の弟分だって勝手に思ってたんだよ。だから、おまえには躰を売ってほしくなかった」

真顔になった大我の言いたいこともわかったので、莉英はぎゅっと口を噤《つぐ》んだ。

身を屈《かが》めるようにした大我は、真正面から莉英を見据える。

常と変わらぬ揺るぎないまなざしで、莉英の深奥を射るかのように。

「一つだけ、教えてくれ。どうしておまえは、窯子《ようし》に行きたいんだ？」

すぐには、答えることができなかった。

言葉にすれば、何もかもが嘘になってしまうかもしれない。言葉ほど虚しく、淋しいものはないと、莉英にもわかっていたからだ。

「借金のためか？　それとも、何か他に理由があるのか？」

莉英は膝のあたりの布をぎゅっと握り締める。だが、辛抱強く返事を待ってくれる大我の雰囲気に背中を押され、莉英はのろのろと口を開いた。

「逃げたくないんです」

「逃げる？　おまえが？」

怪訝そうな声で、大我は問い返す。

「この郷は、俺から大事なものを奪った。ここから出ていくのは、俺にとっては逃げることなんだ。もしここで逃げたら、俺は一生、兄ちゃんを死なせたことを後悔し続ける。でも、そんなこと、兄ちゃんは喜ばない。兄ちゃんを悲しませるだけだってわかってる……だから、ここで生きていくことが、俺には必要なんだ」

天帝《てんてい》が決めた運命というものが世の中にあるのかもしれない。だけど、それに呑み込まれて、流されるのだけは嫌だ。

少しでも可能性があるのなら、この手で道を切り開いていきたい。

それがたとえ、どんなに苦しいことであっても。

「それに、俺がここで生きていれば、兄ちゃんの存在は死なない。誰かが兄ちゃんを思い出してくれるかもしれないから……」

「青林《せいりん》を、恨んでいないのか」

「どうして恨むんですか？」

意味がわからなかった。

青林は最後まで、自分を守ってくれた。あのまま邑《むら》にいたら、遅かれ早かれ莉英は餓死していただろう。それよりは、ずっといい。

「――わかった。おまえがそこまで考えて出した結論なら、もう止めないよ。じきに成人もするし、立派な大人だもんな」

大我は頷くと、改めて牀榻の上で胡座《あぐら》を掻いた。

「話がある」

これまでに一度も聞いたことのないような大我の真剣な声が、莉英の鼓膜を擽る。

「な、何？」

そう改まられると無性に怖くなり、莉英は表情を強張らせた。

「俺と組まないか」

「え……？」

意味が理解できずに、莉英は眉を顰める。

「俺がおまえを、桃華郷《とうかきょう》一の男妓《だんぎ》にしてやる」

「お、俺を？」

莉英はきょとんとした。

男妓になるのはともかくとして、それも桃華郷一、だって？

そんなこと、できるわけがない。大我は頭がおかしくなったのだろうか。

「無理だよ。何、言ってるんですか」

莉英は自棄《やけ》になって笑いだした。

「俺にならできる。おまえをこの郷一の売れっ子にしてやる」

「でも俺、こんな顔で……」

自分なんて、きっと買ってもらえない。魅力なんて欠片《かけら》もない莉英は、最初の段階で弾かれてしまうに決まっていた。

「誰にも買ってもらえないってわかってて窯子に行こうとしたのか？　顔かたちなんて、上手く隠せば何とかなるってわかってたからだろ」

「初めはそう思ってたよ。けど……」

自分を買ってもらえるならどこでもよくて、同性向けと異性向けの双方の窯子を回ったが、雇ってもらえなかった。

「痣みたいになってるところは、薬で治せるかもしれない。おまえは膚が白いから、白粉を塗っても変じゃないしな。そもそも、窯子にいるあいだは、顔は問題じゃない」

普段は寡黙というほどではないが、大我は饒舌《じょうぜつ》というわけでもない。そんな彼にしては、珍しく多弁だった。

「でも、その……女の人とのやり方、とか……」

「全部、俺が仕込んでやる」

「大我さんが？」

俄《にわか》には信じられないことばかりを言われて、莉英は目を瞠った。

あれほど窯子で働かせることを嫌がった大我なのに、その変化が理解不可能だ。

「お、俺、知らないやつに襲われたときも、役に立たないって言われたんです。挿《い》れられない役立たずって。脚のあいだに挟まされた」

「そうか」

大我はどこかほっとしたように顔を緩め、再び真摯《しんし》な面持ちになった。

「それはおまえに、技術がないからだ。窯子じゃ、初物なんて価値はない。顔が綺麗なのも、さほど意味はないんだ。一番大事なのは、技術だ」

「ぎ、ぎじゅつ？」

莉英はぎこちない発音で問い返した。

「そうだ。躰を使って男を悦ばせるのが、色子の必須条件だ。……言っておくが、おまえは女相手は無理だぞ。女はおまえみたいなのを買わないからな」

「その技術を教えるのって、大我さんにできるの？」

大我の言うことは理解できるのだが、そこだけが謎で、莉英はきょとんとして首を傾《かし》げた。

「当たり前だろ」

大我は人差し指で、莉英の額を軽く小突いた。

「番頭ってのは、初物の仕込みを任されることもあるんだ。店に出して使い物にならなかったら困るからな。おまえならうちの店に置けるし、ちょうどいい」

「…………」

「安心しろ、莉英」

手を伸ばした大我が、指先で莉英のこめかみから頬にかけてを辿る。

「全部俺が、教えてやる。おまえは必要なことだけを覚えるんだ。それに、どんなに醜くても、夜の闇は、人の醜いところも汚いところも全部隠してくれる。怖がらなくていい」

慈しむような指先の動きに、莉英は「うん」と自然と頷いていた。

大我がそう言うなら、信じられる。大丈夫、これから先も、誰かを疑ったりしなくてもいい。大我が自分を信じさせてくれる以上は、多少何かあったって怖いことはない。

だから、桃華郷一の男妓になるという新しい目標を目指してみよう。

そうすれば、青林を殺したこの郷をねじ伏せることができる。負けずに済むだろう。そしておそらく、莉英が努力するあいだは青林のことは皆の記憶に残るはずだ。

「あとは……そうだ、これからは俺のことを大我さんなんて呼ばなくていい。時々敬語になるけど、あれもなくていいよ」

「じゃあ、大我先生？」

莉英が本気で聞くと、大我がその鼻の頭をぎゅっと押さえた。

「ふがっ」

「ばーか。大我、でいいんだよ。俺とおまえは相棒で……共犯になるんだからな。対等の立場ってやつだろ？」

ぱっと手を放した大我の漆黒の瞳が、射貫《いぬ》くように莉英を見つめる。

これまで自分にとっての大我は、心優しい兄貴分だった。誰もが憧れる、太白家《たいはくや》の用心棒。そんな彼と一息に対等になれる。おまけに、こんなに年下の自分を共犯者に選んでもらえるなんて、思ってもみないことだ。

「莉英、おまえは可愛いよ。姿形じゃない。おまえの心は綺麗だ」

「そんなこと、ないよ」

褒められることに慣れておらず、莉英は俯いてしまいそうになる。

「この郷で、いろんな連中を見てきた俺が言うんだから、間違いない。おまえはその綺麗な心を、絶対になくしちゃだめだ」

あたかも言い聞かせるように、大我は穏やかで深みのある声で、莉英の鼓膜にその言葉を注ぐ。

「躰は売っても、心だけは誰にも売るな」

「わかった」

もう一度首を大きく縦に振った莉英に、大我はどこか淋しげな視線を向けた。

「もしおまえがそれをなくしたら、俺とおまえの関係はおしまいだ。——いいな？」

「うん、約束するよ」

くしゃくしゃと髪を撫でられて、莉英はほっと安堵する。

「起き上がれそうか？　腰は？」

「腰より、脚が痛いよ。あいつ、俺の股にアレを挟んで何度も擦《こす》るんだもん。すごく気持ち悪かった」

昨日のことは、もう忘れてしまおう。ものすごく怖かったけど、大我が来てくれたから。

そう思えば、時間をかけて忘れられるような気がした。

「素股《すまた》っていうんだ、それは」

「素股……」

「そうだ。さ、動けるんなら顔洗って支度しろ。今日は忙しくなるぞ」

「どうして？」

「おまえのために、いろいろ揃えなくちゃいけないからな」

外出にあたり、陽射しが特に問題がないのなら、頭布を外すように莉英は言われた。

隠すから自信がなくなるのだと諭され、大我に嫌われたくない一心で素直に従った。

頭布を外して歩くのは初めてだが、幸い、昼間はあまり人通りがない。それでもつい、莉英は垂らした前髪でできるだけ顔を隠そうとしたが、大我はそれくらいは許してくれた。

まずは大我は、莉英を桃華郷で一番効くという薬屋に連れて行った。

薬草の匂いがする狭い店は、莉英が一度も訪れたことがないところだった。店主は莉英を見ても驚く様子がなく、いろいろな薬を紹介してくれた。

そこで彼は、びっくりするほど高い塗り薬と飲み薬を買った。

「大我、そんなに俺、払えないよ」

店を出たところで莉英が大我の裾を引っ張ると、彼は平然と答える。

「出世払いでいい」

「大我ってお金持ちなの？」

「まあな。——っていうより、使うあてがないんだ」

大我はそれしか言わなかった。

「それに、薬くらいでそんなによくなるとは……」

「今まで一度も試してなかったんだろ？　だったら、試す価値もあるぞ」

「……うん」

これまでの貧しい暮らしでは、薬を試すゆとりなんて、まったくなかった。

飢饉に苦しむ故郷の邑では食べられるものはあらかた胃に入ってしまったので、薬草なんてものも見当たらなかったし、知識もなかった。食うや食わずやの生活で、自分の容姿を気にかける余裕なんて欠片もなかったのだ。両親だって、そんなことを考える暇があったら農作業を手伝ってほしいと思ったことだろう。これで莉英が女の子だったら、また対応は違っていたのだろうけれども。

「あそこの薬屋は、惚れ薬や何やらの恋愛に効くというやつは眉唾《まゆつば》だが、病気にはうんと効く。安心していいぞ」

「はい」

大我がそう言うなら信じようと、素直に莉英は頷いた。

「あとはおまえの着替えと、椅子だな」

「椅子？」

「そうだ。布団はいらないだろ。これから暫くは俺と一緒に暮らすし、基本的に俺は夜明けまでは留守してるからな」

「でも、一緒に暮らしたら布団って……」

椅子は勿論、布団だって二組必要じゃないだろうか？

「どうせ同じ寝床で寝るんだ。おまえ、俺が潜り込んだくらいじゃ起きたりしないだろ？」

大我の言葉に、莉英の胸はいっぱいになる。

彼は自分がどんなにすごいことを口にしているのか、彼には自覚がないのだ。

誰からも嫌われて触れられたことのなかった莉英を、こうして簡単に懐に入れてくれる。

弟分なんて、過分な言葉をくれた。

「どうした？　泣きそうになってるぞ」

「あ…、えっと……目に塵《ごみ》が入った」

「取ってやろうか？」

ふっと笑った大我がいきなり道路に膝を突き、莉英の顔を見つめる。

「どっちだ？」

「な、何で聞くの？」

「舐めて綺麗にしてやる」

舐める、なんて。

驚いた莉英は、裏返った声で「もう取れた！」とだけ発する。

耳まで熱い。

大事にされているというのがわかるから、どうすればいいのか反応に窮《きゅう》してしまう。

でも、すごく嬉しい。青林を亡くした悲しみも、今ならば忘れられるように思えた。

陽が落ちるまでの時間が、今夜はやけに短く感じられた。

――さっきからずっと、どきどきしてる。心臓が、自分のものじゃないみたいだ。

大我が沸かしてくれた湯で躰を清めた莉英は、意を決して牀榻に近づく。

片膝を立てて寝転んでいた大我は、考え事をしているようだ。

「……大我」

その隣に腰を下ろして、大我の顔をじっと見つめる。

「ん」

整った男らしい顔。

いくら憧れたとしても莉英には絶対に持ち得ない精悍《せいかん》な顔に、指先で触れてみる。

すると、大我は「何だよ」と笑いながら、莉英の右手をいきなり摑んできた。

大きな手。節くれ立った指。

何の他意もなく触れられた経験は今までに何度もあるのに、こんなふうに心臓が早鐘のように脈打つことは一度だってなかった。

「おっと、そうだった。はじめに言っておくが、接吻《せっぷん》はなしだからな」

「せ……」

「それくらいで赤くなるなよ、うぶだな、意外と」

莉英の反応に気づいたらしく、大我はおかしそうに声を立てて笑った。

「それって太白家の常識？」

「俺の信義ってやつだ。接吻は好きな相手とするもんだ。おまえの唇は、大事に取っておけよ」

「……うん」

好きな相手なんて、一生、できるわけがない。だから今、さっさと大我とくちづけてしまったほうがいい。だけど、一度そう言った以上は大我は後には引かないだろう。

「大我、あのさ。灯り、消してもらっていい？」

「そりゃ構わんが、いろいろ教えてやるのに、暗い中で覚えてられるか？」

「頑張るよ」

いくら大我が莉英を嫌わないと信じていても、あまりつぶさに自分の惨めな姿を見られたくはなかった。

「わかったよ、じゃあ、服を脱げ」

薄い灯りの中、ぼんやりと大我の顔が映し出されている。自分の指先を確かめるのもやっとという明度だったが、それだからこそ、己の醜さを意識せずに済んで有り難い。

「相手が妓女《ぎじょ》だったら、普通は胸を触ったり髪を撫でたりするもんだが、男同士だろ？　しかも窯子じゃ、男妓の躰をまさぐりたがるやつなんていない」

「だったら、男だと何がいいの？」

「尻の締めつけがいいんだ」

さらりと言われて、莉英は頬を染める。

「そ、そうなんだ」

「青林に聞かなかったのか？」

大我は意外そうに問い返す。

「兄ちゃんはそういうの……黙ってたよ、いつも」

無論、僮たちのあいだで話題になることもあったのだが、莉英は自然とそういう話題から自分を遠ざけていた。自分が躰を売ることは一生ないし、かといって、誰かと好き合って躰を重ねることも絶対にないと思っていたからだ。

「わかった。おまえには尻での感じ方をたっぷり仕込んでやる。相手だって、自分の技巧で色子がよがり泣くのは嬉しいからな」

腕組みをした大我は、故郷で覗き見した郷校の師父《せんせい》みたいだ。おかしくなって小さく笑うと、大我が「真剣にやるぞ」と注意する。

「はい」

慌てて莉英は真剣な顔を作り、大きく頷いた。

「本来ならばいろいろな技巧があるんだが……今日は慣れるのが先だ」

慣れる、という言葉にどきりとする。

「まず、窯子じゃこういう軟膏《なんこう》を使う。男は女と違って濡れたりしないから、これを塗って滑りをよくするんだ」

「うん」

「客を取る前に自分で塗っておけよ。こうやってちょっと手の中であたためると、溶けて気持ち悪くないから」

膝立ちになった莉英は右の人差し指と中指で掬《すく》った軟膏を、左掌で軽く包むようにしてあたためる。それから、腰を浮かせて衣服をたくし上げると、尻に己の指を宛がった。

「…あう…ゥ…ッ」

つぷっと人差し指を滑り込ませただけで、凄まじい拒絶反応に心臓が震えだした。

「辛いか？　前にやられたところ、まだ痛いだろ？」

大我が心配そうに莉英を見守るのが、気配でわかる。莉英は牀榻に突っ伏して、何とか指を挿《い》れようとした。

「平気……」

指で入り口のごく浅いところに軟膏を塗りつけたものの、勇気が出なくて、それ以上中へは沈められない。それを見ていた大我が、いきなり莉英の手を取る。抜いてくれるのかと思ってほっとしたのもつかの間、彼は右手を強引に押し込んできた。

「あううっ！」

痛みに、上擦った声が漏れる。

ぎちぎちと自分の指を締めつけてしまい、千切れるのではないかと思ったほどだ。

「今度は俺がやってやる。尻を突き出して、そこに這うんだ」

「ん……」

指を抜いた莉英がそれに従うと、大我は莉英の尻肉を左手でぐっと摑んで蕾《つぼみ》を強引に拡げる。そして、太い指を窄みに宛がった。

「こうやって、そうっと中に指を挿《い》れるんだ」

ぬぷ、と指の尖端が入り込むのがわかった。

「う、ん……」

気持ち悪い。嫌だ、無理だ。

押し寄せる異物感に惑乱し、莉英の額に汗が滲む。それでも、自分でするよりは大我の指のほうがまだ楽だった。奇妙な違和感は変わらないし、怖くてどきどきするけれど、なぜだか安心できる。このあいだの男の仕打ちも、思い出さずに済んだ。

「こうやって探っていくと、おまえにとっていいところがある。自分じゃわからなくても、触られていてわかることもある。そこを見つけるんだ」

優しく耳打ちされ、莉英は大我の声を追うことに自然と集中した。

「いい、ところ……？」

「触るとわかるよ。上手く表現できないんだが、そこを刺激されると頭が真っ白になる」

告げながら、彼が緩やかに指を回してくる。

自分の躰のことは、自分が一番よく知っている。そんな妙なところあるわけが、ない。

大我に尻を突き出したままその中を弄《いじ》られるという構図に、恥ずかしさから全身が火照った。全身が湿りけを帯びて衣が膚にまとわりつくし、腿を伝い落ちる汗が気持ち悪い。

「…はあ…っ……あ……」

もう、尻を弄るのはやめてほしい。怖くて、痛くて、全然よくない。いいところがあるなんて、嘘に決まっている。

でも、それを口にしたら色子にはなれないのだ。

堪《こら》えていると、苦痛が躰の中に溜《た》まっていくみたいだ。それを外に逃がすには、声にするのが一番いいようだ。

「汗びっしょりだな。きついか？」

「ううん……平気……」

「そうか。にしても、狭いな」

「狭い、って……ぁあっ！」

くっとそこを押されて、思わず莉英は悲鳴を上げる。頭が真っ白になり、下腹のあたりがじわっと痺《しび》れた。

気がつくと、莉英の性器は完全に勃《た》ち上《あ》がってしまっている。

大我の言うとおりだった。

ちゃんと、あった。自分の中に、刺激されただけでおかしくなるようなところが。

「ここ、いいだろう？」

確かめるような大我の声は、あくまで冷静だった。

「う、うん……」

くっくっと太い指で押されるだけで、躰の芯から何かが溢れそうになる。

この感覚をなんて言えばいいのかわからないけど、確かに……すごく、いい。

「ここが、おまえの感じるところだ」

「感じる……」

「そうだ。挿れられたときに、ここを刺激してもらえるように、自分で角度を変えるんだ。そうすれば、おまえも感じて躰が反応する。で、挿れたほうも気持ちよくなるわけだ」

どういう関係性なのか咄嗟《とっさ》には整理できなかったが、大我の言わんとするところはわかるような気がする。

「押すぞ」

「あうっ！」

くいっともう一度そこをへこまされて、莉英は声を上げた。痛いだけではなく、感覚が鋭敏になりすぎているのだ。

同時に下腹部で熱いものが弾け、莉英は自分が達したのを知った。

「ほら、襞《ひだ》が動いてる。きゅうっと締めつけて……いい子だ、莉英。おまえは具合がよさそうだ」

「ほ、本当？」

声が掠れる。苦しくて喉が鳴りそうだったが、下手な反応をすれば大我がそこでやめてしまいそうで、そちらのほうが怖かった。

「一度に覚えなくてもいい。無理をするなよ、莉英」

「わかった……」

大我は丁寧に、どうすればこの狭隘《きょうあい》な秘路《ひろ》が解《ほぐ》れるかを丹念に教えてくれた。そして、最後には「挿《い》れるぞ」と莉英にこちらを向かせる。

「何を？」

「これだ」

右手を摑まれて、服をくつろげた大我の下肢に導かれる。その質感にぎょっとして、莉英は息を呑んだ。

暗がりで触れる大我の膚は張りがあり、とてもあたたかかった。

「そ、それ？　挿れるって……ここ？　俺に？」

「そうだ」

「む、無理だよ！　入らないってば！」

「大丈夫だ。俺を信じろ、莉英」

耳許で囁《ささや》かれただけなのに。大我はいったいどういう術を使ったのか、躰にまったく力が入らなくなってしまう。

「ほら、そこに這って腰を上げて」

「う……うん……」

あんなずっしりとしたもの、入るわけがない。挿れようと思うこと自体が、無理なのだ。

だけど、大我を信じると決めたのだから。

「力、抜けって言っても無理か。だったら、一度ぎゅって力んで」

「ん……」

「それから、改めて力を抜くんだ。繰り返してみろ」

服を脱いで膝立ちになった大我は、莉英の衣を捲《めく》り、蕾に性器を押し当てた。

「…う、う、ーッ……」

何かが入ってくる。破れそうなくらいにめりめりと、そこを拡げて。

筋肉の動きを利用し、そこが緩む瞬間に楔を呑み込ませるらしく、思ったよりも痛くない。

だけど、どちらかというと違和感が酷く、涙で一息に視界が曇った。

肘《ひじ》を折り、苦しげにひゅうひゅうと喉を鳴らす莉英の異変に気づき、「おい」と大我が背後から覆い被さるようにして顔を覗き込んできた。

「大丈夫か？」

「くるし……」

「平気だから。息を吸ってみろ。……そうだ、今度は吐け。できるか？」

言われたとおりに大きく息を吸い、吐き出す。吸って、吐き出す。それを繰り返しているうちに、漸く鼓動が平静に近づいてくる。

そうすると今度は、秘蕾《ひらい》の中ほどまで埋め込まれたものを意識する羽目になり、莉英はこれ以上ないというほどに赤くなった。

すごく、大きい。胃の奥まで押し上げられそうなくらい……。

どうしよう……熱い……。

「もっと奥まで、挿れるぞ」

「うん……」

硬くて太い肉塊《にくかい》が、狭い道を拡げるように押し込まれる。

息ができなくなる前に、たくさん呼吸しなくては。

「はあっ、はっ……」

「大丈夫か？」

「う、うくっ、うう……んっ」

大我がそれを中に押し込むと、周りの肉層ごと巻き込まれていくようだ。痛くて、きつくて、だけど……よくわからないけど、躰の奥がふわっとして、涙が出てくる。

何だろう、これ……。

「すごいな、おまえ」

「え……？」

ぼんやりと莉英が問うと、身を倒した大我が耳許でそっと囁いた。彼の吐息が耳朶《じだ》に触れただけで、信じられないほどに感じて震えてしまう。

「中、ものすごいことになってるぞ。ぴくぴくして、襞がぎゅってして……」

どうしてなのか、大我の声が掠れている。それがとてもいやらしいものに思えて、胸がざわめき、中枢がますます疼く。

「…わ、…わか…な…っ…」

泣きながら訴える莉英に、「そりゃそうだ」と大我は呟く。

「搾り取られるみたいだ。名器っていうんだ、こういうの」

「大我、いい……？」

「ああ、気持ちいいよ。莉英。少し、動くからな」

よかった。自分の躰で誰かを少しでも悦ばせることができるなんて、思ってもみなかった。

それを教えてくれたのが、初めての人が、大我でよかった。

このあいだの男には、自分の役割を果たすこともできない半端ものと言われた気がしていたので、こうして大我を少しでも愉しませることができるのに安堵した。

二人で動くたびにぎしぎしと古ぼけた牀榻が軋み、壊れるのではないかと不安になった。

「ん、んっ……んああっ」

大我が動くと、腹の奥だけでなく頭の中までぐちゃぐちゃになるようで、莉英は喘ぐほかなかった。

「最初だから達《い》かせてやるけど、普段はそこまでしなくていいんだからな？」

「え……？」

「何度も達ってたら、躰が保たないだろ。だから、自分でここを押さえて加減しろ」

言葉と同時に無骨な指が、莉英の花茎《かけい》に絡みついてくる。

「あうっ!?」

根元を軽く押されて、眩暈《めまい》がするような痛みに襲われた。何かを堰《せ》き止められるような中途半端な感覚に恐慌を来《きた》し、莉英は「やだ」としきりに悲鳴を上げる。

「きついだろ？　ここを押さえると、たいていのやつは達けなくなる」

「わ、わかっ……た……からっ……」

「もう無理か？　仕方ないやつだな」

抽挿《ちゅうそう》する大我に扱《しご》くように上下に擦られて、莉英は別の意味で声を上げた。

「やだ、嫌だ……恥ずかしい……っ」

「うん、それも可愛いよ、莉英」

そんなふうに囁かれると、躰の奥がまたぞくぞくと痺れる。気持ちよくてたまらなくて、大我に触れられたところが全部溶けてしまうみたいだ。

「大我……大我っ、どうしよ……うごかな……っ…」

躰の中も外も熱くて、奥まで捏《こ》ね回されて、もう、どうにかなりそうだ。

「大丈夫、怖くない……いい子だ。いい子だ、莉英」

またも下腹部に熱いものが込み上げてきて、莉英はぐずぐずと泣きじゃくった。

——わからない、これ……何……？

「やあんっ」

悲鳴を上げながら莉英は達し、白濁で敷布を穢《けが》す。

「……」

低く呻いた大我が熱いものを放出したのを感じ、莉英はくたりと力を抜いた。

どこもかしこも汗だくで、気がつくと大我も汗びっしょりだ。

これで終わったのだと知った莉英の中から、大我が去っていく。

「よく、頑張ったな」

掠れた、穏やかな声で大我が告げる。

「うん……」

「おまえ、すごくよかったぞ。これならきっと、売れっ子になれる」

「ほ、本当？　ちょっとは、いい具合だった？」

「ああ、安心しろ」

囁いた大我が、莉英を抱き竦めてくれる。顔を埋めた彼のうなじからは、汗の匂いがした。


「じゃ、莉英。仕事に行ってくるからな」

「行ってらっしゃい」

牀榻の上で正座をした莉英は、微笑みを浮かべて大我を見送る。

大我と暮らすようになって、今日で七日目。夢みたいな暮らしはずっと続いている。

男と寝るなんて痛くて苦しいだけだと思っていたのに、大我が根気強く教えてくれたおかげで、最初よりは楽に受け容れられるようになった。

「ん……」

もそもそと身じろぎした莉英は、自分の服を剝《は》いで胸元をじっと見つめる。

「赤くなってる……」

思わず独り言が漏れるほどに、そこは真っ赤に腫れ上がっていた。

それもこれも、大我が昨夜執拗《しつよう》に弄ったためだ。一晩経った今でも、乳首が張り詰めたように痛かった。

思い出すと頰がかっかと熱くなるのに、思い出さずにはいられない。

胸、たくさん触られたんだ……昨日。それも触られるだけでなく、舐めたり吸ったり、そんなことされるなんて思わないことを。

――今夜は胸を教えてやる。

大我のその言葉の意味がわからず、莉英はきょとんとして小首を傾げた。

「胸……？」

一日おきに仕込んでもらって、三日がかりで大我を無理なく受け容れられるようになったのだ。男が腹の中で出したものを始末する方法もやっと覚え、それで終わりとばかり思っていた。まだ教わることがあるとは、予想外だった。

「誰もがみんな、おまえを抱くのに懇切丁寧に解してくれるわけじゃない。特に、窯子は客が自分の性欲を満たすための場所だ」

「うん」

それは当然の摂理で、説明されずともわかる。

「胸で感じるようにしとけば、気持ちよさが足りないときに、自分で何とかできるだろ？」

「でも、胸だよ？　大我、弄っても仕方ないって最初に言ったよ」

「それは、客が弄ってくれないって意味だ」

いきなり大我は莉英を組み敷くと、右の乳首にくちづけた。

「ひゃっ」

驚いた。

くすぐったいというよりも、痛い。普段まるで意識することのない部分は、触れられるとちくんとした痛みを訴える。

「どうだ？」

「痛い」

「それが普通だな。でも、こういうのは訓練だ。乳首を弄られるのが気持ちいいって覚えるのが肝心なんだ」

「どうやって？」

「こうするんだよ」

莉英の乳首を舐めながら、大我は手を下半身に這わせていく。性器を緩く摑まれ、莉英ははっとした。

「力、抜いてろ」

脱力して身を委《ゆだ》ねているよう促され、莉英はおずおずと目を閉じる。あたたかく乾いた大我の掌が莉英の花茎を捕らえ、裏筋のあたりを指で擦《こす》る。同時に唇と空いた左手で左右の乳首を刺激され、呆気《あっけ》ないほど容易く感度が上がり、全身に汗が滲んだ。

「気持ち、いいか？」

「いい……」

頼りない声で、莉英は訴える。

「どっちが？　胸か？　それとも、こっちか？」

「わかんない…けど、たぶん……下……」

「こっちか」

括《くび》れた部分を指先で刺激され、莉英の躰が一際大きく震える。反射的に腰を突き上げるような反応をしてしまったことを莉英は心中で恥じたが、大我は笑ったりしなかった。

「どうだ？」

「まだ、わかんない……でも、なんか……」

かりっと右乳首を囓《かじ》られたとき、何かが躰を駆け抜けていった。

「あうッ」

白く光る何かが、頭から爪先までを貫くような錯覚。

気づくと莉英は、軽く達していた。

「痛いのが好きなのか。意外だな」

「ちが、」

「恥ずかしがるなよ。どんなことだって、この郷じゃ特技だぞ」

囁きながら、大我は今度は左の乳首に唇を寄せる。大我は白濁に濡れた手を拭うことなく、莉英の性器や腿に塗りつけてきた。まるで自分の精液を擦り込まれるようだ。それが大我の精液なら嬉しいのに、自分ので自分の躰を汚されても不毛なだけだ。

「目、閉じてろよ」

「うんっ…つぅ……」

痛いけれど、同時に、それが少しは気持ちがいいように思える。主に左の乳首を嚙まれ、舌で転がされ、押し潰される。尖端から走った痛みが胸全体に波及するみたいで、強い刺激を与えられるたびに、莉英の躰は間歇的《かんけつてき》にひくひくと震えた。

違う、これ……痛いんじゃない。

気持ちいいんだ。

そのことに気づき、莉英の感覚はいっそう鋭敏になった。

気持ちいい、すごく、気持ちいい……。

「どうだ？　いいか？」

優しく問う声に、莉英は素直に何度も頷いた。汗で蒸れるうなじに、結わえてまとめていたはずの髪が貼りつく。

「うん……気持ち、いい……」

「どこが気持ちいいのか、説明しろ」

「乳首、気持ちいい……きゅって、噛むと、ずきずきして…っ…」

言葉が続かなくなる。喘《あえ》ぐように息をしているうちに、唾液《だえき》が溢れ出して顎に滴った。

つきんと生まれた刺激が、そこから全身に広がっていくみたい。

「ぁあ……み、右も…して……いい、大我…っ…」

「右も好きか？」

口に含まれながら大我に言われると、そのたびに乳首を噛まれて、いやらしい気分が募る。

彼の舌や歯が突起や乳暈《にゅううん》に触れるだけで、小さな刺激が下腹部に突き刺さった。でも、一番感じるのは、小さな尖《とが》りを噛まれたり引っ張られたりすることだ。

「どれが一番いい？　噛むのと舐めるのと……」

「噛むの…噛んで、大我…っ…！」

腕を頭上に投げ出した莉英が無意識のうちにねだると、大我が低く笑う。

「やっぱり痛いのが好きなんだな、おまえ」

笑いを含んだ声で囁いた大我が、莉英の左の突起を一際強く嚙む。

「ああ……ッ！」

高い声を上げて絶頂に達した莉英は、白濁が飛び散って自分の腹部を汚すのをまざまざと感じた。

「あ、あれ……今の……」

「そう。胸だけで達ったんだ」

目を開けた莉英は、自分が夥《おびただ》しい体液を放って果てたことに頰を染める。

「優秀だな、莉英。おまえは覚えがよくて、感じやすい。いい躰を持ってるよ」

「……うん」

莉英はこっくりと頷くと、腰を浮かせて脚を開く。

「大我も挿《い》れてよ。俺、頑張って気持ちよくするからさ」

「お、できるのか？　生意気言うじゃないか」

悪戯っぽく笑った大我に、「できるよ」と唇を尖らせる。

「じゃあ、やってみるか」

やりとりには色気なんて欠片もないけれど、大我がそこに楔《くさび》を押しつけただけで、心臓がびくびくと震える。

恥ずかしいから言えない。だけど、それはどんな愛撫《あいぶ》よりも気持ちがいいものだった。

この暗がりなら、何も怖くない。
大我に触れられることも、彼のそばにいることも。
宵闇が自分の醜さを隠してくれるから。

5

白々とした月明かりは、夜の住人にも眩しいほどだ。

「あ…っ…、だめ…です……やっ……あ、あっ……」

聞くともなしに、切れ切れとしたあえかな喘ぎが店の薄い壁を通して大我《たいが》の耳に届く。

莉英《りえい》の声だった。

「ああ…ッ！」

極めるときの甘い声音もどこかせつなげで、哀愁を帯びたものだ。それが人気の秘訣《ひけつ》なのだろう。

「ありがとうございました」

太白家《たいはくや》の軒下に立つ大我が店の中から出てきた人物に声をかけると、すっかり脂下《やにさ》がった男がくるりと振り返った。

「おう、大我さん」

彼がよほどいい思いをしたのは今の莉英の嬌声《きょうせい》からも明らかで、表情はだらしなく緩んでいる。男は莉英が今夜取った、最後の客だった。

「莉英はいかがでしたか？」

「いいねえ、あの子」

男は何を思い出したのか、顎をさすりながらうんうんと何度も頷いた。

「暗がりだから顔はよくわからないけどね。あそこの具合がいいのは勿論だし、華奢でこう、なんか男の子を抱いてるって感じがするんだよ。何よりあの、ちょっと嫌がるところが可愛いもんだねえ」

「そうでしたか」

「征服欲をそそるっていうのかなァ。そのくせ、最後にはちゃあんと感じて、欲しがってくるだろう。ああいうのはいいね」

ういういしい、というのだろう。それは莉英の最大の武器だった。

「あの子はまだ、ほとんど男を識《し》らないんですよ。また買ってやってください」

「勿論だとも」

男は鼻歌を歌いながら店を出ていった。

太白家に少年を買いに来る男たちの嗜好《しこう》に合わせて、少し演技をしてやれと教えたのは大我だった。

未成熟の色子を買う連中は多少嗜虐《しぎゃく》的な性向を持つのだが、太白家にはそれに答えてやれる少年はいなかった。無論それは仕方のないことで、誰だって、仕事をこなせばそのうちに擦《す》れて単なる習慣になる。そのうえ、色子たちは自分の商売を分析する才覚がないので、人気のある理由も、逆に落ち目になる理由もわからないのだ。

だが、莉英は違う。思っていたよりもずっと頭のいい彼は、大我の言葉をきちんと理解し、正確に呑み込んだ。

ほかの色子にとって行為は惰性でしかないので、失礼にならない程度に客に抗《あらが》ったほうがいいと教えてやると、莉英はちゃんとそのとおりに実践した。最初の晩は強く抗ってういういしさを演出し、次の晩は多少、その次はかたちばかりの抵抗、というふうに。

事実、莉英の仕事は丁寧で細やかだったし、最中のどこか怯えたような小動物的な仕種は客を愉しませた。どんなに怖がっていても最後には行為に夢中になるというその落差が評判を呼び、店に出すようになって二十日あまりだというのに、既に二度目、三度目という客も、ちらほら現れた。

ほかにも運がよかったのは、躰の中の毒素を排出するなどという触れ込みの飲み薬が効いたことだ。おかげで、長いあいだ彼の見た目を悪くする一因となっていた瞼の腫れが、すっと引いたのだ。すると、意外にも莉英は目がぱっちりとしていて外見は悪くなかった。寧ろ端整な面差しといってもよく、皮膚病の痕がなければなかなか麗しいだろう。さすが、あの銀釵楼《ぎんさいろう》の売れっ子だった青林《せいりん》の弟だけある。

膚に残る皮膚病の痕が相変わらず痛々しかったが、こちらは軟膏の効果が出るまで暫く時間がかかるという。じっくりつき合わなくてはいけなかったし、店に出るあいだは白粉を塗ってやれば、あとは夜の闇が隠してくれる。

最後の客を見送ってから土間に戻ると、莉英が汚れた筵《むしろ》を片づけているところだった。

「莉英」

「あ」

莉英は疲れた様子だったが、大我を認めてにこりと笑った。

ほかの色子たちは、莉英が大我と個人的な関わりを持っていることを羨んで誹《そし》るような体力はないらしい。既に全員が床に入り、寝息やいびきも聞こえている。

「どうだった？　少しは慣れたか？」

「うん、上手くできてると思うよ。こういうの、嫌いじゃないし。――これ」

莉英はそっと手を差し出して、大我に何かを握らせる。紐のようだ。そう思って摑むと、たぷんという音とともに、重いものが持ち上がる。

「これは？」

暗がりではよく見えないのだが、瓶であることには間違いない。

「昨日のお客さんが、こっそり心付けをくれたんだ。それで、大我に……」

蓋《ふた》をきゅっと捻《ひね》って匂いを嗅《か》ぐと、中身は酒だった。安物だろうが、貧しい莉英にしてみれば決死の買い物に違いない。

「馬鹿だな、自分のものを買えばいいのに」

「思いつかなかったんだ」

薄闇の中でにこりと笑った莉英の言葉に、ふと、胸を衝《つ》かれたような気がした。

莉英には、欲しいものなどないのだ。

彼の望みはただ、借金を返して家族を楽にしてやるというものだけ。

ここで死んでは青林が浮かばれないからと、莉英は懸命に自分を奮い立たせている。

それだけのために、莉英は生きているのだ。

「ありがとよ、莉英。でも、次に小遣いをもらったら自分のために使うか、借金を返すのに貯めておきな」

「わかってるよ。だけど、俺……どうしても最初は、大我にあげたかったんだ」

莉英が恥ずかしそうに俯き、そう呟く。

「俺なんかを、買ってくれる人がいるのは嬉しい。すごいことだよ。それを教えてくれたのは、大我だから」

「…………」

思わず大我は両手を伸ばし、莉英を抱き締めていた。

「大我……？」

「暫く、こうさせてろ」

この郷の濁った空気が、莉英の心を汚してしまうのが怖い。

いつか莉英は擦り切れて、大我がこれまで見てきた多くの色子と同じ命運を辿るのではないかと不安になる。

――いや、大丈夫だ。莉英ならばきっと変わらないはずだ。

自分の目に狂いはないはずだ。

既に莉英は二年近くもこの桃華郷《とうかきょう》にいて、そのままの気質を保っていたのだ。この最下層の窯子にいても、きっと、伸びやかなまま育つだろう。

だから自分は、できる限り、それを手助けして見守ってやりたい。

人は、笑うだろうか。

遊廓になどいたら、素直さや優しさなど根こそぎ失われてしまうに決まっている。大我が見ているのは、ただの夢だと。

でも、莉英を信じたい。

美しい女郎や、可憐な男妓《だんぎ》など、大我はこれまでに多くの人間と関わってきた。太白家に来る前は、ほかの閭《りょ》や楼で用心棒をやって来たので、様々な格の娼妓《しょうぎ》を知っている。

だが、莉英は誰とも違った。どんなに容姿の美しい者よりも、彼の心は澄んでいるのだ。

「大我」

莉英が外から牀榻《しょうとう》に声をかけると、大我がややあって「何だ？」と面倒くさそうに布団の中から答える。

まるで芋虫《いもむし》みたいだ。

莉英が窯子で躰を売るようになって、半年あまり。

同じ時間帯に生活しているはずだが、大我は仕事のあとに酒場に繰り出すことが多いため、朝は寝坊するのが普通だった。

「ご飯食べよう。俺、材料買ってきたよ」

短袴に動きやすい衣を身につけた莉英は、二の腕のところを布で縛っている。こうすると必要以上に袖が膨らまず、動きやすくて便利なのだ。

「おまえ、今日は休みじゃないのか」

上半身裸で寝ていた大我が、もう一度欠伸《あくび》をする。

しっかり筋肉のついた逞しい躰を見せられて、莉英の頬は熱くなる。男の裸なんて嫌というほど見ているのに、我ながら不思議だった。

「うん。だから、顔を見たかったんだ」

こうして店を休めるのは、ほぼ一月ぶりだ。ほかの色子たちは疲れを取るために眠っていたが、莉英は大我と共に過ごしたくて、急いでここに来たのだ。

桃華郷では、遊妓《ゆうぎ》たちが己の所属する店の外に出ることを、あまり制限しない。そもそも、遊妓たちに支払われる給金は『票』という、この廓でしか通用しない通貨だった。票を世間で使う金に換金することはできるが、多額の場合は雇い主の書いた書類が必要になる。つまり、逃げるために換金するのは不可能に近い。それが嫌ならば、無一文、着の身着のままで出ていくほかない。そこまでの危険を冒す遊妓は、まずいなかった。

「戸、開けていい？」

「ああ」

大我は面倒くさそうに身を起こし、欠伸をしながら莉英を見やる。そして、驚いたようにそこでぴたりと動きを止めた。

「莉英」

「ん？」

戸を開けた光の中で振り返ると、大我はまじまじと莉英の顔を眺めた。

「おまえ、膚……だいぶ綺麗になったんじゃないか？」

「ふふ」

顔かたちが劇的に変わったわけではないものの、痣のような皮膚病の痕が、以前より薄くなったような気がする。やはり、あの軟膏を塗っているおかげだろう。

「少しはましになった？」

「ああ、美人っていうにはほど遠いが、ちょっと不細工、くらいになったぞ」

「よかった！」

大我の軽口を聞いた莉英はぽんと手を叩き、嬉しげに笑った。

「ばーか、そんな仕種したって似合わないぞ。おまえ、とっくに成人《おとな》なんだからな」

「わかってるよう」

莉英は唇を尖らせる。そして、「今から飯、作るね」と急いで声をかけた。

台所といっても竈《かまど》が一つあるだけで、それすらも埃を被っている。先に掃除をしたほうがいいだろうと、莉英は大我を放ってそのまま掃除を始めた。

「変わるもんだなあ。おまえのことは、夜しか見てないもんな」

窯子の中は雰囲気を作るためにぼんやりと薄暗いので、莉英の顔がどうかなんて、ほとんど見えていなかったのだろう。

大我が感心したように言うのが嬉しくて、莉英は鼻歌を歌いながら食事の支度をする。

自分を応援してくれた大我が喜んでくれることが、莉英にとっては一番のご褒美だ。

「今日は寝てなくてよかったのか？　店が休みになるなんて、女将の気まぐれがそう何度もあるとは思えんが」

「いいんだよ」

大我を独り占めできることが、嬉しい。

店にいるときの大我は、みんなのものだ。

彼は誰からも人気のある用心棒で、莉英は遠慮しなくてはいけなかった。それくらいの節度は持ち合わせている。

「ねえ、俺、少しは上手くなったって言われるんだよ。試してみる？」

「ああ。飯のあとに、一度してみるか」

欠伸混じりに大我が答えるのを聞いて、莉英は唇を尖らせた。

「ちょっと、大我、色気がないよ」

「そうか？」

「前はいっつも、俺にもっと色気を出せって怒ったくせに」

莉英の言い草を聞いて、大我が喉を鳴らして笑った。

「今はおまえは色気がたっぷりだから、十分だよ」

「もう……」

掃除を終えた莉英は、手早く料理を再開する。あっさりとした炒《いた》め物と汁だったが、店でのまかないを任されているので、腕は上がったはずだ。本当は、もっとこってりしたものにしようかと迷ったが、酒飲みの大我は今日はさっぱりしたものがいいだろうと、やめておいた。

「なあ、莉英」

暫く胡座《あぐら》を掻いて考え込んでいた大我が、ふと、口を開いた。

「なあに？」

「おまえ、習い事とかしてみないか」

「俺の料理、そんなに美味《おい》しくない？」

確かに独学だったが、筋は悪くないと勝手に信じていた。でも、大我には気に入らなかったのだろうか。

「違うって。歌とか踊りとかだよ」

「はあ⁉」

頓狂《とんきょう》な声を上げて振り返ると、至極真面目な顔の大我と目が合った。

「俺が？　窯子《ようし》に勤めてる俺が習い事なんてして、意味、あるの？　そういうのって、閭《りょ》に勤める遊妓のやることだよ」

「おまえは窯子止まりの器じゃないよ」

「不細工なのに？」

そんな冗談を言われても、己の醜さを思い出して悲しくなるだけだと、莉英は逆に笑い飛ばそうとした。だが、大我は至って真剣だ。

「だからって諦めてたら、一歩も先に進めないだろ？　前から考えてたんだけどな。おまえは呑み込みが早いから、そういう技能もいけるかもしれない」

「詩なんて、必要ないと思うけどなあ」

「将来のために役に立つって。騙《だま》されたと思って、俺に任せてみろよ。……な？」

説得力のある力強い大我の声に押されるように、莉英は自然と頷いていた。

「……うん」

「よし、そうと決まれば俺が話をつけてやる」

「話って、どこに？」

理由を聞いたことはないが大我は意外と教養があるし、てっきり彼が直々に教えてくれるのだと思っていた。しかし、わざわざ師につくのは、身のほど知らずと桃華郷の笑い者になってしまう。

「馴染みの酒場に、偉い詩の師父《せんせい》が来るんだよ。その人にまずは詩の作り方を習って、それから踊りと歌だな。こっちも紹介してもらおう」

大我がどこか楽しげなので、心なし、莉英のほうが圧倒されてしまう。

「大我……どうしたの？」

「何が」

「嬉しそうだよ」

「おまえがいろいろ身につけるのを見るのは、嬉しいよ。いい退屈しのぎになる」

「そう、だね」

退屈という言葉に胸がちくりと痛んだが、大我の一日はいつも起伏がないから、仕方ないのかもしれない。時々派手な喧嘩はあるものの、現金即決でその場で金を払ってもらう太白家のような底辺の店では、逆に面倒は少ないのだ。

何とか納得しようとする莉英を見ていた大我は、小さく笑って「こっちに来い」と手招きをする。

何だろうと思いつつ近寄ると、ぎゅっと背中に手を回して抱き竦められた。

「な、なに……大我……」

「おまえは可愛いよ。習い事はきっとおまえの武器になる。俺に騙されてくれよ、莉英」

「……うん」

耳許で優しく囁かれれば、莉英でなくても騙されたくなってしまうことだろう。

「ちょうどいいから、具合、見せろよ。上手くなったんだろ？」

「ン……」

尻を揉まれ、期待に躰が熱くなる。小さな窄みを撫でられているうちに、躰からゆるゆると緊張が抜けてきた。骨を全部抜き取られたみたいに、力が入らなくなってしまう。

「慣れたんだな、おまえ」

「だって……たくさん、お客さん取ってるもん……」

大我がおざなりに唾液で濡らした指も、前よりは楽に呑み込める。

「辛いか？」

「ううん、仕事だし、それに……俺のこと、欲しがってくれる人、いるのは、嬉しいよ」

言葉が小刻みに途切れるのは、大我の愛撫のせいだった。

「……た…大我…やだ……」

衣の上から乳首を押し潰されて、声が必然的に甘ったるいものになってしまう。もう汗で躰がべとべとになってきて、興奮に頭がぼやけてくる。

「何でだよ」

「こんなの…っ…」

鎖骨の下あたり、なめらかな膚に大我が舌を這わせる。店の客がしないようなことをされて、莉英は戦《おのの》いた。当たり前だが、店の客たちは莉英を感じさせるために来るわけではない。自分が気持ちよくなりたいのだから、彼らの望みは挿入して精を吐き出すことのみだ。

こんなふうに、莉英を高めてくれるのは大我だけだった。

「…こ…なん、ちが…うよ……」

「たまにはいいだろ」

大我は愛しげに囁き、莉英の肩先にくちづけた。

「さ、復習してみろ」

「えっと…き、基本…は……」

「やってみるか？」

うん、と頷いた莉英は服を着たままの大我を牀榻に寝かせ、その腰のあたりに跨《また》る。男のものに手を添えて、そっと腰を下ろしていく。一度力むようにしてからそれを窄みに当てると、まるで吸い込むようにするりと中に呑み込まれていくのだ。

「ふ…、俯陰《ふいん》…就陽《しゅうよう》…っ…」

一つは男を寝かせて、自分が上位になって自ら挿入させること。

「挺陰《ていいん》、接陽《せつよう》…」

「そうだ。ちゃんとできてるぞ、莉英」

もう一つは、男が突くのに合わせて腰を上げ下げし、抽挿《ちゅうそう》を助けてやるという技巧だ。互いの息を上手く合わせることで男の負担が減るので、相手は半分の労力で、莉英の肉体の妙を味わうことができるというわけだ。

「ああっ……すごい、深い…ッ…」

「おまえが上手だからだよ」

優しく耳打ちされて、じいんと躰の深部が熱くなる。

「大我、大我…」

必死で名前を呼びながら手を伸ばすと、大我が身を起こしてくれた。彼の背中にしがみついて震える莉英に、大我が「場所、変わるぞ」と耳打ちする。

「ん」

繋がったまま、今度は半ば強引に横たわらされる。

どうしよう。気持ちいい。ほかの誰とするよりも、大我とするのがいい。

「ち、乳…首…弄って、いい……？」

「弄りたいのか？」

大我に意地悪く問われて、莉英は必死で頷いた。

「どうしようか。おまえ、そこ弄るとすぐに達《い》くからな」

喉を震わせて笑う大我に、「酷いよ」と莉英は身も世もなくしゃくり上げる。

「…おねがい……大我……したい、乳首…いじらせて……」

ねだるたびに、乳首が硬く凝《しこ》ってくる気がした。自分自身の言葉に煽《あお》られて、躰が勝手に期待してしまう。

莉英の肢体《したい》は、そういう肉体になりつつあるのだ。

「いいぜ、莉英。可愛くしてみな」

大我に促されるとおりに、莉英は横たわったままはしたなく腰をくねらせた。

「乳首、いい……いい、いい…大我…っ……」

客にも相性はあるが、大我は特別だ。

どうしてこんなに、大我とするのは気持ちいいんだろう？

自分でも判然としないまま、体内を楔で捏《こ》ねられてぐちゃぐちゃになる。

何も考えられなくなるまで喘がされて、泣きじゃくるほかない。

大我の言うとおりにしていれば、きっと自分は上に行ける。

青林を奪われたこの郷で、一番になってみせる。

大我がいてくれるなら、怖くはない。たとえ己がどんどん変わってしまって、自分が自分でなくなったとしても、恐ろしくはなかった。


「莉英、そのはねの部分はもっと力を抜きなさい」

「はい」

書道の師父《せんせい》の言葉に頷き、莉英は筆を持つ右手に神経を集中させる。昼間の陽射しが窓から入り込み、そうでなくとも日夜働く莉英はとろりと眠くなったが、寝るわけにはいかない。

「どれ、見せてごらん」

「お願いします」

莉英が詩文を書き写した紙を恭しく差し出すと、老師父は白くなった髭《ひげ》を撫でながらそれに見入る。

「うむ……まだ未熟だが、筋は悪くない。時間はかかるが、このまま鍛錬すればきっといい書を書けるようになるぞ」

「ありがとうございます！」

莉英がにこっと笑うと、老師父は満足げに頷いた。

「さて、そろそろ雛妓《すうぎ》が来る時間だ。帰ってもらえるかの」

「はい」

ほかの閨で修業をする少女たちは、莉英の姿を目にすると驚いてしまうので、老師父としては双方に配慮しているのだった。

帰ってくれとはっきり言われたほうが気楽だし、今日はこれから用事がある。ちょうどいい時間だった。

大我の言うとおりに、歌と踊り、それから詩文と書はそれぞれ師父のもとへ通って修業を続けている。当初は窯子の仲間たちに「莉英の分際で習い事なんて」と馬鹿にされたが、大我が「ほかに取り柄がないんだから仕方ないだろ」と取りなしてくれたので、必要以上の反感は買わなかった。

色子としての生活は、単調な日常の繰り返しだ。どろりと空気さえも濁ったような太白家の土間で、客を待つ。それが莉英の日課だった。

尤も、たとえ窯子であっても、自分にできる範囲で相手を悦ばせることはできるはずだと、莉英は常に心を砕いていた。『楼』の遊妓たちに容色では太刀打《たちう》ちできないから、努力するほかないからだ。

そうなると、不思議なものだ。

莉英は同じ値段でも、他の色子たち以上に愉しめると、客のあいだでも少しずつ人気を得、郷の案内書や番付にも載るようなった。

今や夜ともなれば順番待ちの行列ができるほどで、莉英は間違いなく太白家の売れっ子になったのだ。また、莉英を抱きたくても抱けない連中がほかの色子を買うので、店の皆の懐は少しずつあたたかくなった。

思いがけない変化に、莉英自身が一番驚いている。

そんなとき、『白鳳楼《はくほうろう》』という店の女主人が、莉英に会いたいと連絡を寄越したのだ。

いったい、どういう用事なんだろう。

「すごい……」

呼び出された先は、桃華郷でも人気のある、美味と評判の高級な店だった。それなりに身綺麗にしてきたつもりだったが、頭布を被っているわけにもいかないし、何となしに不安だった。第一、個室で食事をするなんて初めてのことだ。

部屋で待ち受けていた女主人は、「よく来たね」とにこやかに微笑んだ。

「まずは料理を食べとくれ。おまえ、勉強熱心で、今も手習いの帰りなんだってねえ」

「はい、ではお言葉に甘えます」

同じ『楼』でも、人気や格という点で銀釵楼《ぎんさいろう》よりはやや劣る店だ。郷では店の格式を示す基準が三種類しかないため、同じくくりの中でもかなり格式に幅があるのだった。

海老団子はぷりっとしていて、噛むと口の中で弾けるようだ。こんなに美味しいものを食べるのは初めてで、莉英はすぐに夢中になった。口に含んだ小籠包《ショウロンポウ》も、割れた瞬間に閉じ込められていた汁がじわっと溢れ出す。

ほくほくと湯気を立てる点心をひととおり味わってから、茶で舌先を湿らせた莉英は、改めて女将の顔を見つめた。

刹那、彼女はどこか不快げに目を細めて、莉英からふいと逸らす。

「それで、改まってお話とは何ですか？」

「莉英、あんたをうちの店に引き抜きたいんだよ」

表向きはにこやかだが、先ほどから垣間《かいま》見えるのは莉英への根深い嫌悪感だ。長いあいだ他人からの好奇の視線に晒《さら》されただけに、莉英はそういうものに対して敏感で、その勘は外れたことがない。

「俺を、ですか？」

だからこそ、失礼だとわかっていながらも莉英は聞き返してしまう。

「そう。あんたの評判がすごくいいからねえ」

「だけど、俺、そんなの聞いたことがありません。窯子から楼に移るなんて」

莉英が疑うのは、無理もないことだろう。

年季明けの遊妓が店を移ることは、そう珍しくはない。しかしたいていが、家《や》から家、楼から楼と、同じ格の店のあいだでの移動になる。格が違う店の移動といえば、売れなくなった遊妓が閻から楼に転落するのが大半だ。格式を重んじるこの郷で、例外はあるかどうか。

「そりゃねえ、あたしだってないよ」

女主人は口許を右手で覆って、からからと声を上げて笑った。

「じゃあ、どうして？」

「話題作りだよ」

莉英の問いに、彼女はまたあっさりと答える。

食欲があまりないのか、女主人は莉英に勧めるばかりで自分は食べようとはしなかった。

対照的にそばにいる番頭は、黙々と胡麻団子を平らげている。

「うちの店はこのところ質のいい男妓が入らなくて、経営が苦しいんだよ」

楼というのは、位置づけが中間に当たるため、じつは経営が一番難しい。楼でも閻と同様な体験ができるという高級志向の店もあれば、何もかもがそこそこという庶民的な店もある。そのあたりは経営者の手腕の見せ所なのだが、中途半端な店は流行らずに消えていくのが宿命だ。莉英も、ここにいる三年間で、何軒もの店の開店と閉店に行き合ってきた。

「それで、窯子上がりの男妓を入れれば、どれほどのものかって少なくとも話題にはなるからね。面白いだろ？」

この女性にそんな革新的な発想があるとは予想外だった。

「だけど……俺、太白家に借金があるんです」

それが莉英にとっての最大の問題点だった。

大我の口利きで自分を買ってくれた太白家への借金は、確かにそう大きなものではない。しかし、全額を返済するには、あと数年はかかるだろう。それだけでなく、莉英は五年という期限での銀釵楼への多額の借金もある。これ以上の借金を抱えると首が回らなくなり、いつか故郷の家族へ累が及ぶかもしれない。

「わかっているよ。うちは太白家からおまえを買い取って、そっちの借金だけなら、綺麗にしてあげられる。それは利子をつけない約束にするよ」

本当にそんな上手い話があるんだろうか。家から楼に移れるというのは、願ってもないことだ。一晩に取る客の人数は少なくて済むし、大部屋ではなく自分の部屋だってもらえる。給金も少しは多くなるはずだ。

「だから、あんたにはそれを返すために働いてもらわなきゃいけなくなるけどね」

それに、この話に乗ればきっと、もっと上に行ける。

莉英の喉がきゅっと鳴った。

「……わかった。じゃないや、わかりました」

こんな好機は滅多にない。色子としての底辺の暮らしから、とうとう脱出できるのだ。

「俺、お世話になります」

これまで毎日顔を合わせていた大我と離れてしまうことは淋しかったが、おそらく彼も喜んでくれるはずだ。そのために、莉英を仕込んでくれたのだから。

誰もが嫌がる窯子上がりの遊妓が、己の腕一つでのし上がる。その野望を果たしてみたかった。


「ふあ……」

大きく欠伸をした大我は、星が鏤《ちりば》められた空を見上げる。

用心棒と番頭を兼ねる大我の定位置は店の入り口か、あるいは土間の椅子の上だったが、行為が始まると邪魔になることが多いので、店の外で空を眺めていることが多かった。

得物である偃月刀《えんげつとう》は、所在なげに地面に軽く刺してある。

地上は泥の海、本当に美しいものは人の手に届かない空にあるのだ。

小屋の中からは、莉英の色声が聞こえている。

適度に甘く、男の心を溶かす声。

意外なほどに、莉英は色子に向いていた。感じやすい肉体を持ち、快楽を受け容れて自身も行為を愉しめるが、決してそれに溺れないからだ。

自分が仕込んだ相手の嬌声を耳にし、微かに大我の心は揺らいだ。

まったく、馬鹿げた話だ。こんな気持ちに駆られるのは、いったい何年ぶりだろうか。

夜空が次第に白み始め、星々が見えなくなっていく。本来ならばこんな時間まで客がいることも滅多にないのだが、莉英は人気があるので、いつまでも客の順番が終わらないのだ。

それでも、漸く最後の客が帰る頃合いだ。

ひたひたと、客が出ていく足音が聞こえた。

立ち上がった大我は店の中を検分し、寝息を立てる色子たちを見やる。それから裏に回ると、莉英が躰を洗っているところだった。

「もうぬるくなっただろ」

声をかけると莉英が振り返って、嬉しげに首を振った。

「ううん。沸かしておいてくれてありがと、大我」

こういう日常的な行為に対して礼を言える遊妓は、あまり多くない。

他人への感謝の気持ちを忘れないところが、莉英の大きな美点だろう。

彼を太白家へ紹介したことを後悔することはままあったが、莉英をそばに置いておけるという不思議な安心感に勝るものはなかった。

「どういたしまして。それより、白鳳楼の女将はどうだった？」

「あのね」

莉英がちょいちょいと指だけで身を屈めるように指示したので、大我は思わずそれに従う。

「俺……引き抜きの話が来たんだよ」

こっそり声をひそめて、莉英が耳打ちする。

「引き抜き？」

大我は怪訝な表情になった。窯子に勤める莉英に引き抜きなど、聞いたこともない。

「どこへ？」

ぼそぼそと聞くと、彼は「白鳳楼」と答える。

「へえ……そりゃ出世じゃないか。驚いたな。いつのまに？」

考えられないほどの美味しい話に、大我は目を瞠る。

「まだ、女将に話はついてないんだけど、つき次第ってことになってるんだ」

「そりゃあいい。願ってもない話じゃないか」

寝耳に水でびっくりしたものの、いつまでも太白家にいるよりはよほどいい。

「本当？　……俺、いいって言っちゃったけど、大我と離れるの……嫌だよ」

莉英が淋しげな顔になって、地面に視線を投げる。

「嫌って言っても、同じ郷に住んでるんだぜ？　国と国の違いならともかくさ」

精一杯慰めてやったものの、通用しなかったらしく、莉英は黙り込む。

それを元気づけようと、大我はにこりと笑った。

「いいじゃないか。落籍《らくせき》されてほかの国に行くこともあるんだし。出世は出世だ」

「…………」

「白鳳楼だったら、風呂屋へ堂々と行けるぞ。こんなふうに外で躰を洗ったりしなくて済む」

窯子の遊妓たちは嫌われているので、風呂屋へ行っても浴槽は使わせてもらえない。せいぜい、最後に残り湯を浴びさせてもらうのが関の山だ。それが改善されるのであれば、楼に上がってよかったと思うはずだ。

「……うん」

頷く莉英の表情がやっと明るいものになり、大我の胸に複雑なものが込み上げてきた。

思わず大我は手を伸ばして、まだ半裸の莉英の顎に触れる。湿った莉英の膚はどこか瑞々しくて、半ば衝動的に彼の額に唇を落とした。

「大我……？」

淋しいとは、言えない。莉英を引き留めてはならないと、大我は自戒する。

大人げないじゃないか。

自分の感情をぶつけて、莉英の進路を妨害するなんてことは。

「――よかったよ。おまえに歌と踊りを仕込んだのも無駄にならなかった」

「まだわかんないよ」

ぶっきらぼうに言ってから、莉英ははにかんだように再び口を開いた。

「……えっと……あのさ、また、家に遊びに行っていいでしょ？」

「当たり前だろ」

何にしても、今よりも莉英の生活がよくなるというのは、有り難いことだ。楼になればそれぞれに個室が与えられ、一人の時間も持てる。場合によっては馴染みができることもあるし、情が移れば長い時間買ってくれるだろう。その分、躰を休めることもできる。格が上ということは給金も上がり、前よりは金を稼げるようになるはずだ。

「お祝い、しなくちゃな」

「うん！」

素直に頷く莉英の瞳は、星のように輝く。

「――大我」

そっと手を伸ばした莉英が、大我の掌を撫でる。

「ん？」

「手を放さないで」

「……ああ」

「約束、守るから……」

か細い声で告げる莉英の肩が頼りなげで、大我は何か言おうかと迷う。しかし、彼がくしゃみをしたので、慌ててその躰に衣をかけてやった。

信じよう、今は。

あの日、自分は、莉英ならばこの泥のような色と欲の海を泳ぎ切ることができるかもしれないと思ったではないか。

6

緊張に、心臓が早鐘のように脈打っている。

新しい店の男妓《だんぎ》や、下男たちは、自分を受け容れてくれるだろうか。

莉英《りえい》にとっては、それは大いなる賭だった。

女将《おかみ》に連れられて昼過ぎに白鳳楼《はくほうろう》へやって来た莉英は、動きやすく質素な短袴《たんこ》を穿《は》いて店に出向いた。生憎煌《あいにくきら》びやかな衣装など持ち合わせていなかったし、下手に着飾っても反発されるだけだというのはわかっていたからだ。

女将に言われて廊下で待っていると、少し離れた座敷で彼女が莉英の移籍を色子たちに伝える声が、断続的に聞こえてくる。

どうやら、「今日から新しい男妓が入る」とだけ伝えているようだ。自分が顔を出したらきっと嫌な顔をされるだろうと、莉英は苦い気分になった。

「おいで」

顔を出した女将に促されて、莉英は毅然《きぜん》と顔を上げて玉簾《ぎょくれん》をくぐる。しゃらんと音を立てて室内に入ると、人々の視線が莉英に集中した。

射るような、激しく尖《とが》ったまなざしに莉英は怯《ひる》みそうになるが、自分を懸命に叱咤《しった》する。

「みんな、この子が莉英だよ。上手くやっておくれ」

宴会用の座敷に集められた一同は、女将の傍らに立った莉英をさもうさんくさげに眺め回す。そのうち一人が気づいたのか、「あ！」と声を上げた。

「莉英って……まさか、太白家《たいはくや》の!?」

「嘘だろ、女将！」

――窯子《ようし》上がりの色子をうちの店に上げるなんて冗談じゃない。

――俺たちをどう思ってるんですか。

一人が口を開いたのを皮切りに、不満の声が次々に上がった。

無理からぬことだ、と莉英は内心で冷静に受け止める。

これまで彼らは、自尊心を持ってこの楼《ろう》で働いてきた。そこに、窯子出身の醜い莉英がやってきたのだ。いい気持ちがしないというのは、誰よりも、莉英が一番よくわかっている。

「どうしてなんですか。こんなの、俺には納得いかない！」

声を上げたのは、男妓の中でも一際目を引く少年だった。年の頃は十七、八だろうか。これが想春《そうしゅん》という、白鳳楼でも一番人気と噂の男妓に違いないと莉英は見当をつける。

艶《つや》やかな黒髪に、紅を含んだような唇は濡《ぬ》れたように光る。確かにこの白鳳楼には惜しいような美貌《びぼう》の持ち主だった。彼はくいと顎《あご》を上げ、莉英を睥睨《へいげい》した。

「俺は今まで、この楼のために尽くしてきたつもりです。なのに、こんな……窯子上がりの人間を引き抜いてくるなんて、俺たちを馬鹿にしているとしか思えません」

そうだそうだと十数人の男妓たちが口々に怒鳴る様は圧巻で、莉英は傷つくよりも、ぽかんとして眺めているほかなかった。

そのうち一人だけ、我関せずという態度で腕組みをしている青年がいた。だいぶ薹《とう》が立っているようだが顔立ちは繊細で、どこか飄々《ひょうひょう》とした空気を纏《まと》っている。

「しかも、この顔！　みっともないじゃありませんか！」

「顔はともかく、莉英は床《とこ》あしらいが上手いって評判なんだよ。おまえたちも仲良くやっておくれ。こっちだって、苦労して金を集めて太白家から買ったんだ。まったくあの窯子の強《ごう》突張《つくば》りめ、足許《あしもと》見やがって！」

苛立《いらだ》ったように、女将の口調が尖ったものになっていく。

「だいたい、あんたたちがしっかりしてくれりゃ、あたしだって窯子上がりの色子になんて頼るもんか！」

啖呵《たんか》を切られ、男妓たちはしんと静まりかえった。

莉英は思わず感心してしまったが、女将の言葉は、とりもなおさず莉英に好意がないことを意味している。それは最初からわかっていたので期待していなかったものの、あからさまに実感するのはやはり辛かった。

「さ、あんたたちも支度をおし」

「はい」

話をするのが面倒になったらしく、女将がそこで挨拶を打ち切った。

「柏雲《はくうん》、あんたが莉英を空いた部屋に案内しな。北向きの部屋だよ」

「……はい」

柏雲と呼ばれた人物は、先ほど一人傍観を決め込んでいた線の細い青年だった。

「行こうか、莉英」

「待てよ」

女将がいなくなったあと想春が先手を打ってきたので、莉英はすかさず頭を下げる。

「蔡《さい》莉英です。これからよろしくお願いします」

「よろしく？　おまえ、本気でこの白鳳楼の男妓になるつもりなのか？」

「なるつもりって、もうなったし……」

莉英が口ごもると「馬鹿じゃないのか」と罵声《ばせい》が飛んだ。

「頭おかしいんじゃないか。薄暗い窯子じゃ通用したかもしれないけど、うちの店は燭台《しょくだい》を使うからな。そのみっともない顔も見せなくちゃいけないんだよ」

先ほどとは打って変わって乱暴な口調で、想春が吐き捨てた。

「すぐに追い出してやるからな！」

莉英を取り囲む五人の男妓は簡素な衫《さん》を身につけているものの、表情は嬌艶《きょうえん》で華やぎがある。かつて銀釵楼《ぎんさいろう》にいたので楼の雰囲気はわかっていたつもりだが、立場が変わると気後《きおく》れする。もっと格上となる閭《りょ》には、いったいどんな男妓がいるのだろう。

「行くぞ」

想春の合図で彼らが散ったので、そこには莉英と柏雲だけが残された。

「驚いたかい、莉英」

「え？」

階段を上りしなに柏雲がいきなり話しかけてきたので、驚いて莉英は顔を跳ね上げる。

「想春は気が強い。これから嫌がらせをされるだろうな」

「かもしれないけど、平気です」

「どうして？」

柏雲は不思議そうに首を傾《かし》げ、莉英を真っ直ぐに見つめた。

「いないものみたいに、無視されてるほうが辛いです。どうせなら意識されていたほうが、頑張れます」

「おまえ、変なやつだな」

柏雲はくすりと笑ったが、言葉や口調には嫌味がなかった。

「私のことは柏雲って呼び捨てでいい。言葉遣いも普通で構わない」

「でも」

「同じ男妓仲間だ。上下関係はいらないよ、莉英」

「うん！」

柏雲こそ、明らかに変わり者という空気を醸《かも》し出《だ》している。だが、彼とだけは上手くやっていけそうで、莉英はほっと胸を撫《な》で下ろした。


ざわめく酒楼《しゅろう》は、人の気配で満ちている。

「いらっしゃいませ」

暖簾《のれん》を潜《くぐ》ってやって来た客に莉英が声をかけると、相手は席を選ぶこともせずに、莉英のもとに一直線に向かってきた。

「やあ、莉英」

気さくに話しかけてきた楊《よう》は、郷の近郊に住む、太白家時代の馴染《なじ》み客だった。まさか、楼にまで来てくれるとは思わず、莉英の口許が綻《ほころ》びる。

「楊様、よくおいでくださいました。嬉しいです。まさか、いらしてくださるなんて！」

「そう喜ばれちゃ、こっちも嬉しくなるよ。奮発《ふんぱつ》した甲斐《かい》があるってもんだ」

男はでれっと脂下《やにさ》がり、莉英を見つめる。

「でも、どうしてここが？」

莉英が白鳳楼に移ったことが噂になるには、まだ早すぎる。女将は率先してそれを広めたがったが、想春たちが「店の品格を下げる」と猛反対したからだ。自然、噂に頼らなくてはならないので、初日から客が来てくれたことに莉英は驚かずにはいられなかった。

「太白家に行ったら、あそこの番頭に教えられたんだよ。莉英はここにいるってな」

考えるまでもなく、大我《たいが》の仕業だ。彼はわざわざ、客を白鳳楼へ回してくれたのだ。

「こっちは値段も高いからどうしようかと思ったんだが、ご祝儀代わりに会いに来ようと思ってね」

「ありがとうございます！　さあ、どうぞこちらへ」

躰《からだ》を売ることは己の仕事だし、悲愴感《ひそうかん》を抱いてはやってはいられない。それどころか自分を目当てに来てくれたお客を精一杯もてなし、少しでもいい気持ちで帰ってもらうことに、誇りすら抱いていた。

「初めて明るいところで見るからかな、ちょっと綺麗になったんじゃないのかい」

「衣を新しくしたんですよ」

「見違えるようだねえ」

部屋に案内すると、すぐに楊は莉英を抱き締めてきた。牀榻《しょうとう》に寝かされ、莉英はあえかな声を上げて身を捩《よじ》る。

「楊様……」

「いい匂いがするな、莉英。膚《はだ》もすべすべで見違えるみたいだ。可愛いよ」

首筋に顔を埋《うず》めて男は莉英の匂いを嗅《か》ぎ、下肢を擦《こす》りつけてくる。

「私に奉仕させてください、楊様。折角いらしてくださったんですから」

莉英が囁《ささや》くと、男は「いいのかい？」と嬉しげに顔を輝かせた。

「勿論です」

ほんのりと微笑《ほほえ》んだ莉英は楊を牀榻に座らせ、その前に膝を突く。今までにやってきた行為をするだけなのだから、抵抗はなかった。

「ああ、莉英……」

せめて彼にはゆっくり愉しんでいってほしいと、莉英は決められた時間よりも少し長めに客をもてなした。無論、花代は変わらないので、楊は喜んで帰っていった。

結局その夜に取れた客は楊一人だけだったが、初日にお茶を挽《ひ》くよりはましだ。そう思った莉英が片づけを済ませて自室に戻ろうとすると、ほかの男妓たちが廊下に立ち塞《ふさ》がった。

彼らは一様に険しい顔で、莉英を睨《にら》みつける。

「どうやって客を呼びやがった？　うちの格を下げるから黙ってろって言っただろ！」

肩を押されて、莉英は廊下の壁にぶつかった。

「柏雲の入れ知恵じゃねえのか？」

「どうせ柏雲みたいな役立たずにしか、声をかけてもらえないもんなァ」

「ほんとほんと。柏雲みたいな落ちぶれ野郎は、おまえにゃお似合いだぜ」

柏雲がわけありなのは雰囲気から感じていたが、わけもなく誹謗《ひぼう》していいはずがない。しかし、ここで不用意な発言をすれば柏雲の立場も悪くするかもしれないと、莉英は耐えた。

「こいつ、大我を誑《たら》し込んだんだろ？　知ってんだぜ、大我と暮らしてたの」

そのうちの一人が大我の名前を出したため、莉英の心は密《ひそ》かに疼《うず》く。

「大我も趣味悪いよな。桃華郷《とうかきょう》一腕が立つ男が、どうしてこんな小汚い餓鬼に……」

大我の話をされると、なぜか冷静ではいられなくなる。それでも表面上は莉英は落ち着いた調子を装い、口を開いた。

「大我を悪く言わないでください」

「お？　怒ったのか？」

からかうような口調に、莉英は冷静にならなくてはと自分に言い聞かせる。

「俺の顔かたちが見苦しいのは自分のせいだ。でも、大我は何も悪いことをしてません」

「おまえに目をかけてる時点で悪いって。おまえが、皆を不愉快にさせてるんだからな」

意地悪な物言いに、莉英の心はずきずきと疼いた。

「もしかして、大我はおまえの間夫《まぶ》なんじゃないのか？」

「最悪だな。見る目がないから、腕は立つのにいつまで経《た》っても、用心棒止まりなんだろ」

その言葉に、かちんとする。

「ふざけるな！」

とうとう自分の中で熱いものが弾《はじ》け、莉英は思わず相手の襟首《えりくび》を摑《つか》み上げていた。

「な、んだよ……やる気かよ！」

いけない。いくら腹が立っても、喧嘩《けんか》なんてしたら怪我をしかねない。店に出られなくなれば、一日ごとに借金が増える算段だ。

「放せよ、汚ねえな！　大我はおまえを触るのに何とも思わないのかよ。最下層の便所を這《は》いずり回るのに、お似合いの二人だな！」

もう、ここが限界だった。

遠慮も迷いもなく、莉英は右拳を振り上げる。

相手は殴られるかと思ったらしく目をぎゅっと閉じたので、隙ありとばかりに高々と結い上げた相手の髪を引っ張った。

「いてっ！　何すんだよ……！」

「取り消せ！」

「はあ？　何を？」

「大我の悪口だ」

怒りで腸《はらわた》が煮えくりかえるとは、こういうことを言うのだろう。自分でもこんなに激しい感情を抱くなんて、予想外だった。

「やだよ、誰が……」

相手が退かないので、莉英は今度はもう一房、髪を引っ張った。

「ててて……やめろよ……おい！」

「取り消さない限り、やめない」

「誰が……」

さすがにこの白鳳楼で何年も暮らしているだけあり、相手の男妓も強情で引こうとしない。

激しく二人が睨み合ったそのとき、背後から声がかかった。

「あんたたち、何してるのさ！」

怒りの声を上げて割って入ってきたのは、帳場にいたはずの女将だった。

「まったく、誰も持ち場についていないと思って来てみれば……おまえたちの仕事は金を稼ぐことなんだよ？　取っ組み合いの喧嘩なんてみっともない」

二人は渋々頭を下げたが、女将の嫌味は暫《しばら》く続いた。

「いやあ、本当に助かりました、大我さん」

大我に助けられた中年男は、ぺこぺこと頭を下げた。

仕事の帰り、大我はいかにも身なりのいい中年男が、怪しげな風体の人物に絡まれている光景に出くわした。見過ごすことができずに助け船を出したところ、この男は美人局《つつもたせ》に絡まれていたのだ。

「次からは気をつけろよ」

「はい。これで酒でも……」

男が金を渡そうとしたので、大我は「いらねえよ」と笑う。

「金が余ってるなら、今度、白鳳楼の莉英でも買ってやってくれ」

「莉英……？」

「ご面相は今一つだが、細やかな心の男妓だ」

「そりゃ、大我さんの贔屓《ひいき》なら、一度遊びに行きますよ」

頭を下げる男を見送り、大我はまだ時間があるから酒楼に寄ろうと決める。

ただ働きをしてしまったが、これくらいはどうということはない。

混み合っていたものの、店内に何とか席を見つけ大我は壺酒《こしゅ》を注文した。続けてつまみになる炒《いた》め物やら何やらを頼んだところで、前の席にいた男と目が合った。

「おっと、大我じゃないか」

偶然居合わせたのは女衒《ぜげん》の厳信《げんしん》で、手づかみで鶏の手羽を食べていた彼は、「よっ」と右手を挙げて人懐っこく声をかけてきた。髭面《ひげづら》の男はいつも陽気で、女衒とは思えない。

「厳信、来てたのか」

「おうよ」

男女を売り買いするために陽都《ようと》中を回っている厳信とは、年に数回顔を合わせればいいほうだ。彼は十五で女衒になると思い定め、そのときに自分の親友である蘇聚星《そしゅうせい》を東昇閭《とうしょうりょ》に売ったという伝説の持ち主だった。

「今回はどの辺を回ってたんだ？」

「磬《けい》の近辺だな」

「どうだった？」

楽《がく》の西方にある砂漠の国の名前を出された大我が問うと、彼は悲しげに首を振った。

「だめだな。国が荒れすぎて子供がすぐに死んじまう。身売りする以前の問題だよ」

「そうか……おまえ、磬の出身だったな。辛かろう」

暴君と噂の史壮達《しそうたつ》が統治する磬は税も重く、国民がその暴政に苦しんでいる。白虎《びゃっこ》によって守られる国だからと人々は耐えているが、いずれ限界に達するのは目に見えていた。

「仕方ないさ。国はとうに捨てた。——それより、おまえ、聞いたか？」

壺酒を大我の椀に注ぎ、厳信は明るく問う。

「何を？」

「白鳳楼で、男妓同士が取っ組み合いの喧嘩をしたらしいぜ」

「信じられん。顔に傷でもつけたらどうするんだ。力が有り余ってんのか？」

大我は訝《いぶか》しげな顔になる。

いくら男妓は躰が命といっても、顔が美しいに越したことはない。その男妓たちが大喧嘩《おおげんか》をするとは、尋常ではなかった。

「だよなあ。顔に傷でもこしらえたら、ことだろ？」

「で、それを……」

どうして俺に、と言おうと思って大我ははっとする。

「鈍いなあ、大我。おまえの贔屓してるあいつの店だろうが」

壺酒のお代わりを頼んだ厳信にため息混じりに言われ、大我は凝然とした。

「まさか。莉英は人と喧嘩するようなやつじゃない」

客を取れないことを怒られるならまだしも、新入りの莉英がそこまで意地悪されるわけがない。それに、昨日から莉英を目当てにやって来た客全員に、彼が白鳳楼に転売されたことを教えてやったのだ。一人くらいは客がついているはずだし、一晩中虚《むな》しくお茶を挽いているということはないだろう。

「でも、おまえの可愛子《かわいこ》ちゃんが当事者って噂だぜ」

「それを早く言え！　にしても、いったい何でだ……？」

顎に手を当てて考え込み、大我は眉《まゆ》を顰《ひそ》めた。

莉英はそれなりに芯が強いものの、誰彼構わず喧嘩を吹っかけるようなやつじゃないのは、大我が誰よりもよく知っている。寧《むし》ろ彼は優しく穏やかで、本来ならばこの桃華郷で男妓となるような気質の持ち主ではなかった。

「そりゃさ、窯子上がりのやつが自分の店に入ったら、心穏やかじゃない男妓もいるだろうよ。それくらいわからないおまえじゃないだろ」

「そうだが……」

珍しく、大我は歯切れの悪い口調になった。

「だからって店に出られなかったら、その分収入が減って、借金が増えるだけだ」

「だろうな」

あの温厚な莉英が取っ組み合いの喧嘩なんて、よほど酷《ひど》いことを言われたに違いない。そうでなくとも、莉英は幼い頃から理由なき差別を受け、自制心を培《つちか》っているのだ。

大我自身の願いを叶えるためにも上を目指す莉英が、このうえ新しい店でも虐《いじ》められるとは、あまりにも不憫《ふびん》だった。

「よかったら、あの店の番頭に話を聞いたらどうだ？」

厳信は話を振ってくれたが、大我は椀を摑んだまま首を振った。

「それはできない。あっちにはあっちの流儀がある。おまえだってわかってんだろ」

「相変わらず、顔に似合わず真面目だな。ま、食えよ」

厳信は喉《のど》を鳴らして笑い、大我の皿にたっぷりの羹《あつもの》を取り分けてくれた。

「なあ、おまえ、じつはその莉英って子に情が移ってるんだろ」

にやにやと笑いながら言われ、大我も特に隠すことではないと気軽に首肯する。

「そりゃあ、な。うちにいた遊妓《ゆうぎ》だ」

「それだけじゃないだろ？　おまえは優しいからなあ。懐に入れた相手を徹底的に可愛がっちまう」

「何か悪いのか？」

大我が問うと、厳信はいかつい肩を竦《すく》めた。

「人間の手は、思ってるより大きくないんだぜ。近くにいないと、どうにもならんこともあるって言いたいのさ」

そのとおりだった。

できることなら、あの子を守ってやりたい。

莉英が一人で生きていけるようになるまで、兄として、相棒として、共犯者として。

「いってえ……」

頬《ほお》を押さえて大きくため息をついた莉英は、牀榻にごろりと寝転がる。

伸ばしている髪が、布団の上でふわりと散《ばら》けた。

取っ組み合いの喧嘩をした翌日は、今度は廊下で足を引っかけられて転ばされた。躰に酷い青痣《あおあざ》ができて客を取るどころではなく、それが治ったと思ったら、ほかの男妓の肘《ひじ》が偶然にも顎にぶつかって腫《は》れ上がってしまった。

折角顎が治ったのに、今度は食事時に突き飛ばされて背中に酷い痣《あざ》ができてしまったため、今宵も奥に引っ込むように命じられた。そうでなくとも見苦しいご面相なのに、躰に痣なんてあったら客が萎《な》えてしまう、と。このままでは、借金は日割りで増える一方だ。折角太白家から移籍してきたのに、意味がなかった。

それに、ここでは稼ぎに応じて食事の内容が変わる。惣菜《そうざい》が欲しかったら厨房《ちゅうぼう》に注文しなくてはいけないが、それすら借金に加算されるのだ。貧しい莉英はおかずなど買う余力はなく、わずかな食事も床にぶちまけてしまったので、朝から何も食していなかった。

「平気かい、莉英」

簾《すだれ》を掻《か》き分けてひょいと顔を覗《のぞ》かせた柏雲が、茶の入った椀を持って部屋を訪れた。

「柏雲……見に来てくれたの？　仕事は？」

「どうせまたお茶挽いてるからね」

柏雲は喉を鳴らして笑い、莉英に椀を渡してくれた。出枯らしの茶なら無料で、同じように貧しい柏雲でも差し入れることができるのだ。

「じゃあ、頑張ってお客を取らないと」

「ん……そうだね」

首を縦に振ると、柏雲は髪をさらりと掻き上げて「また来るよ」とだけ言った。彼に元気がないように思えるのは、気のせいだろうか。

柏雲が以前は『春暁閭《しゅんぎょうりょ》』にいたことを知ったのは、昨日のことだ。はじめは売れっ子として人気があった柏雲は年を重ねるうちにお声がかからなくなり、次の店に払い下げられたのだという。そこでもはじめはそこそこに売れっ子だったが、やがて物珍しさがなくなって飽きられ、そして次の店へと。だけど、借金が残る柏雲には郷の外へ出ていくという選択肢はない。ほかの遊妓のように、ここで死んでいくのだ。

——今度はたぶん、窯子だろうねえ。

柏雲はそう呟《つぶや》いていた。

隣の部屋からはほかの男妓たちの色声が聞こえ、ますます複雑な気分になってくる。

何を言われても、耐えたほうがよかったのだろうか。でも、大我を悪く言われるのだけはだめだ。我慢がならないのだ。

「……しけた面してるじゃねえか、莉英」

聞き慣れた声に驚いて顔を跳ね上げる。

「大我……来てくれたの？」

自室の戸口に立っていたのは、腕組みをした大我だった。まさか、お茶を挽いてるからと買いに来てくれたのだろうか。

「ん、質素だがいい部屋だな。掃除も行き届いてるし、おまえらしくて几帳面《きちょうめん》だ」

ひととおり部屋を見回して牀榻を叩き、大我は納得したように頷く。

「聞いたぞ、店の同僚と喧嘩したんだって？」

白い歯を見せて笑った大我は、莉英の瞳を真っ向から見据える。

いつも、そうだ。たとえ莉英がどんなに醜くとも、大我は真っ直ぐに自分を見つめてくれた。それは彼の性根が一直線であることを示しているのだと、思う。

侠気《きょうき》に溢《あふ》れ、弱い者にはとことん優しく、いざというときに頼りがいのあるいい男。

「それはしょっちゅうだよ」

「おまえ、曲がりなりにも男妓なんだぞ。そうじゃなくても顔には気を遣えって、常々言ってるだろうが」

「遣ってるよ」

原因を聞かれたくないし、さっさとこの話を流してしまいたい。

「――焦ったらだめだ。おまえのいいところをわかってもらうには、時間がかかるんだ。下手を打てば、よけいに誤解される。わかるだろ？」

「うん」

諭すような大我の口調に、莉英はこっくりと頷いた。

「あ、そうだ、御礼忘れてたよ。お客さん回してくれてありがとう、大我」

あれから榻は日を空けずにもう一度店を訪れて、「奮発してたまには楼もいいね」と言ってくれた。たぶん、あの調子だったらもう少し通ってくれるだろう。

「どういたしまして」

「で、今日は俺を買ってくれるの？」

莉英はおそるおそる、大我に問うた。

「馬鹿。どんなに溜《た》まってても、相棒を金で買うほど落ちぶれちゃいないよ」

「だったら何で？」

「今日から、ここの番頭になったんだ」

大我は何でもないことのように、さらりと言った。

「え？　白鳳楼の？」

「そうだよ」

妓楼で働く人間は、たいていが普通の社会に馴染めず、はじき出された流れ者たちだ。彼らは実社会では自分の居場所を見つけられないからこそ、桃華郷に職を求めて定住する。逆に言えば、この郷に辿《たど》り着く連中はほかに行き場がなく、仕事もこの中で転々とする。しかし、だからといって、大我が店を変わる理由なんてないはずだ。

「大我、あの太白家の女将と上手くやってたんじゃなかったの？」

「やってたよ。けど、同じ店に何年もいたからな。そろそろ潮時だと思ったんだよ」

「……そっか」

莉英はなるべくさばさばとした顔で、相槌《あいづち》を打った。よもや、自分のために来てくれたのだろうかと思ったが、そこまでは自惚《うぬぼ》れられない。

「でも、大我がそばにいるなら、心強いや」

そのことが嬉しくて莉英は破顔すると、大我は願ってもないことを口にした。

「相棒を見張ってないとな。おまえの先を見届けるのが、俺の役目だ」

たった今、否定したばかりのことを認められて、莉英の心臓はばくんっと震えた。どきんどきんと激しく動きだすそれに動揺し、息が荒くなりそうだ。

「そ、それって……俺のために、店を移ったってこと？」

「それも、理由の一部ではあるな」

嬉しい……たとえ理由のうちのほんの一欠片《かけら》だったとしても、嬉しかった。

大我の中に、自分という存在がある。大我は、彼自身の人生を考慮するときに莉英のことも含めて考えてくれてたのだ。

そう考えれば、勘違いしてしまいそうになる。

自分と大我が、もっと別の絆《きずな》を作れるんじゃないかって。

そんなわけはないのに。自惚《うぬぼ》れたって、惨めになるだけだ。

――――大我は、ただ、見たいだけだ。

自分の作り上げた男妓がどこまで上り詰められるのかを、見届けたいと願っているだけだ。

これは大我にとって退屈しのぎなのだ。

でも、これから莉英が使えない男妓という烙印《らくいん》を押されれば、それは必然的に大我の評判を落とすことに繋《つな》がるのは事実だ。

だから、自分が頑張らなくてはいけない。

大我は自分にとって特別な存在だった。

たとえ自分が、大我にとってこの桃華郷に数多《あまた》いる男妓の一人でしかなかったとしても、
それで構わないのだ。

7

――知らず路《みち》に迷いしは　花の開くが為《ため》なるを……

部屋の掃除をしながら、莉英《りえい》は覚えたばかりの詩の一節を口ずさむ。

この桃華郷《とうかきょう》に来て、四度目の春。

太白家《たいはくや》から移籍して一年も経たぬうちに、莉英は白鳳楼《はくほうろう》でも評判の男妓《だんぎ》となっていた。

床《とこ》あしらいにそつがないのは勿論のこと、さりげない受け答えも気が利くのだとか。

莉英が白鳳楼の看板として認知されるようになるまで、そう時間はかからなかった。

無論、その裏には莉英が他の男妓と上手くやれるよう計らう、番頭としての大我《たいが》の優れた采配《さいはい》があった。

「莉英さん、この頃綺麗になりましたよね」

僮《どう》――男妓見習いの少年に言われて、莉英は「そう？」と首を傾げる。

本当は、褒められるととても嬉しい。

借金を返す傍らで余裕も生まれ、薬だけでなく食事にも気を遣えるようになった。栄養が行き届いたせいか皮膚には張りが出て、意外にも顔の痣は綺麗になった。伸ばした髪も腰が出て、だいぶ艶やかなものになってきている。

今日は年に一度のお祭りの日で、莉英は髪に花簪《はなかんざし》を差していた。こういう華やかなものを使っても、今は前ほど気後《きおく》れを感じない。

でも、心配はある。

前より少しはましになったこの顔は、じつは本物の自分の顔じゃないのではないか。

こっちが偽物で、昔の醜い顔が本物じゃないかと不安になる。

いつか自分は、あの顔に戻ってしまうのかもしれない、と。

「部屋の飾りつけも洒落《しゃれ》てて、すごくいいって評判なんですよ」

「ありがとう。おまえが手伝ってくれたおかげだよ」

自分たちに宛《あて》がわれた部屋で客を取って生活するため、男妓の部屋はたいてい生活臭があって雑然としている。だが、莉英はそこに置かれる家具も自分の好きなものを選び、工夫を凝らした。壁の漆喰《しっくい》も大我に手伝ってもらって塗り替えたし、少しでも汚れると一日休みをもらって掃除をした。その分己の給金は減ってしまうが、客を愉《たの》しませるには雰囲気も大事で、環境も整えなくてはいけないと考えたからだ。

家具はすべて黒檀《こくたん》で統一し、下手なものを置くくらいならばものを増やさないことにした。

窓から見える風景もこだわり、できるだけまめに植栽に手を入れている。客の中には、莉英の部屋から見える朝陽が綺麗だと、高い金を払って泊まっていく者もいた。

家具の中でも一等気を遣ったのは牀榻《しょうとう》で、大我に金を借りて桃華郷にある家具店で最も上等なものを買った。これならば、東昇閭《とうしょうりょ》で使われているものと変わらないと、店の親父も太鼓判を押した品質のもので、広々として寝心地もよかった。

「ほら、これで何か美味《おい》しいものでも食べておいで」

莉英が胸元から駄賃《だちん》の銅貨を差し出すと、少年は「いいんですか⁉」と表情を輝かせた。

「うん、いいよ。今日はお祭りだ。楽しんでおいで」

どのみちあまり食欲はないし、彼らが喜ぶ顔を見るのは嬉しい。

「わあ、ありがとう、莉英さん！」

ぱたぱたと駆けていった少年が、ほかの仲間たちに声をかけているのが微《かす》かに耳に届く。

彼らの足音を聞きながら、莉英は窓枠に凭《もた》れて頬杖《ほおづえ》を突いた。

部屋の前を誰かが通りかかったが、莉英は振り返ることはなかった。

大我だったら足音でわかるし、彼は今頃自宅で休んでいるだろう。

「相変わらず、誰にでもいい顔してるじゃないか」

振り返ると、嫌味たらしく声をかけてきたのは、莉英のせいで、この店の二番手どころか四番手にまで追いやられた想春《そうしゅん》だった。

「想春さん……」

荒《すさ》んだ顔つきの想春は、敵意を隠すことなく莉英を睨みつける。

「おまえにさん付けで呼ばれたくなんてないね。本当に、鬱陶《うっとう》しい」

剝《む》き出しの悪意をぶつけられて莉英は辟易《へきえき》したが、それを隠して微笑した。

「でも、先輩を呼び捨てにできません」

「どうせおまえは、俺のことを落ち目だって思ってんだろ？　ああやって僮たちを味方につけて、いちいちやることが薄汚いのは窯子《ようし》流かい」

「あの子たちがいるおかげで、店がちゃんと回ってるんです。祭りの駄賃《だちん》くらいやってもいいでしょう」

喧嘩を売られるのは面倒だったが、想春はなおも絡んでくる。荒れてかさかさになった膚は、このところ浴びるように酒を飲んでいるせいだろう。いくらこの店の酒楼であっても、飲み代《しろ》はその分想春の借金になるのに、彼はそんなことを考えていない。想春は借金に己の足を取られ、雁字搦《がんじがら》めになっていることを想像できないのだ。

「さすが、客だけじゃなくて僮にまで媚《こ》びるなんて殊勝だなあ、莉英」

「…………」

「媚びるといえば、おまえ、頼まれたら上の口も使うそうじゃないか。本当に穢《けが》らわしい！」

「それでお客様が悦《よろこ》んでくれるんなら、何でもします」

　普通、遊妓は口淫《こういん》などはしない。それだけに、莉英が口唇《こうしん》奉仕をすると知ると、客は一様に悦んだ。それでは唇の純潔を保つ意味がなくなってしまうかもしれないが、唇への接吻とは意味が違うと、莉英は割り切っていた。

「咥《くわ》えるのに飽きたらず、残りまで啜《すす》ってやるんだって？　金のためなら何でもやるってのは本当なんだな。おまえ、自尊心がないのかよ！」

「ありますよ。この躰でお客さんを悦ばせる仕事に、誇りを持ってます」

「屁理屈だけは一人前かい！　知ってるんだよ。大我がおまえに、いい客を回してるのを」

　無論、そんな事実はない。寧ろ、大我は莉英がほかの男妓と軋轢《あつれき》ができないよう、上手く取りはからってくれている。たとえば、客の中にも酒楼でほかの客に顔を見せるのを好まず、裏口からこっそり入って番頭に男妓の選択を任せる者もいる。そういう客を大我が割り振り、店の男妓たちに順当に回してくれているのだ。

　しかも、以前よりは容色が衰えてしまった想春に、大我はできる限りいい客を回しているのに、それがわかっていないのか。

「大我の采配《さいはい》があるから、うちの店は繁盛してるんですよ。想春さんにだって、このあいだ紅雲《こううん》の旦那と上手くいくように取りはからってくれたじゃないですか」

　大我の名を出して挑発されるのは、今日が初めてではない。堪《こら》えなくてはいけなかった。

「あんなの、一人二人じゃないか」

大我は大我なりに、借金が増えていく想春を気にかけているのだ。その思いやりに気づかないとは、どれだけ嫉妬《しっと》に目が眩《くら》んでいるのだろうと、莉英は苛立った。莉英にしてみれば、大我がほかの男妓たちにも親切なことが、なぜだか悔しいのに。

「言っておくけど、俺は俺なりに努力してるんです。面白おかしく客と酒を飲んでるだけのあんたと、一緒にしないでくれませんか」

言ってしまってから、莉英ははっとする。

「すみません」

蒼褪《あおざ》めた想春は、信じられないとでも言いたげに、莉英を燃えるような目で睨んだ。

「言うようになったね。すっかりこの郷に相応《ふさわ》しくなったじゃないか」

吐き捨てた想春は踵《きびす》を返し、自室へと向かおうとし、そこで足を止めた。

「そういや、柏雲《はくうん》だけど」

「……………」

「今日、窯子に売られるそうだよ。一年かかったけど、おまえと行き違いだね、莉英」

莉英はその言葉に、弾かれたように顔を上げる。相手を突き飛ばすように押《お》し退《の》けて階段を駆け下り、帳場へ走り込んだ。

「お、おや、莉英、どうしたんだい」

あまりの勢いに、茶を飲んでいた女将は目を丸くして莉英を見やる。

「女将さん、柏雲は⁉」

「今、出るところだよ」

女将に言われて莉英が慌てて裏口へ向かうと、身支度を整えた柏雲が自分の葛籠《つづら》を持ち、大我と二人で外へ出るところだった。

「柏雲！」

「莉英、見送りにきてくれたのかい」

いつものように飄々と、悲しさなんて欠片も感じさせずに、柏雲はほんのりと微笑む。

「どうして⁉　何で窯子へ……⁉」

「――ここはね、誰か一人が上へ行けば、誰か一人が落ちる。そういう場所だよ。生憎、私はしくじったんだ」

諦念《ていねん》を多分に含んだ静かな声に、莉英は目を瞠《みは》った。

「だけど、いくら何でもこんな日に……」

今日みたいなお祭りの晩に、追い出さなくたっていいじゃないか。誰もが浮かれて騒ぐ、こんな夜に。

「ちょうどいいよ。くさくさするよりはマシだ」

「先に外に出てるぞ」

大我はそう言うと、一足早く門の外へ向かってしまう。

「柏雲……俺……」

「莉英。おまえはまだ若い。でも、桃華郷は一生いるべきところじゃないんだよ。私は間違えたから、そのつけを払ってる」

柏雲は淡々と告げる。

「好きな相手なんか作っちゃいけないよ、莉英。遊妓《ゆうぎ》が人並みに恋をしても辛いだけだ」

「平気だよ、柏雲。俺、好きな人なんていない。俺は……」

即答する莉英を見て、柏雲はどこか淋しそうに笑った。

「……そうか。ならいいんだ」

そっと手を伸ばした柏雲が、骨張った指で莉英の頬に触れた。

「元気で、莉英」

「柏雲も」

泣きだしそうになったが、莉英はすんでのところでそれを堪えた。

柏雲が窯子に行くという意味は、莉英にもわかる。柏雲がそこから出られる日は、たぶんもう二度と来ないだろう。彼は、そこで生涯を終えるのだ。

――――怖い。

一歩間違えたら、奈落が口を開けて待っている。桃華郷はそういうところだと知っていたはずなのに、改めて躰が芯から震えそうだった。

自分はああは、ならない。なりたくない。

柏雲には申し訳ないのだが、莉英には上に行くという目標があった。

そのためには、この腕一本でのし上がってやる。

それに、自分が頑張ることで大我の名誉を守れるのであれば、精一杯の努力をするつもりだ。そうでなくては、自分に目をかけてくれた大我の審美眼まで疑われてしまう。

たとえどれほど苦しかったとしても、それだけは譲らない。莉英の矜持《きょうじ》だった。


「大我」

ひょいと戸口から顔を覗かせた莉英が明るく声をかけると、牀榻に寝転がっていた大我が「ん？」と問うてきた。

「どうしたんだよ、白鳳楼一の売れっ子が」

「ちょっと、遊びに来た」

にこりと笑って、莉英はそのまま大我の部屋へ上がり込む。

折角の休みだし、店を移った柏雲に会いに行こうか悩んだのだが、それも嫌味なように思えてやめておいた。

莉英はこのところだいぶ伸びた髪を無造作に結い上げているので、土間に面白いかたちの影ができている。

「ふらふらほっつき歩いてると、女将に怒られるぞ」

「大我のところへ行くって言ったよ」

莉英はまるで気にしなかった。

それに、売れっ子になった莉英には、女将もあまり文句を言わない。

莉英がそれ以外に我が儘《まま》を口にすることはなかったし、大我がこの郷にいる限りは莉英も逃げ出したりしないというのをわかっているからだろう。

逃げる先なんて、どこにもないのに。

「飯作りにきたんだけど、その前に、試していい？」

「ん、何を？」

大きく欠伸《あくび》をした大我は寝転がったまま、土間にいる莉英に問う。まだ髪に寝癖がついていて、それが子供みたいでおかしい。

大我のほうが、ずっと年上なのに。

「新しいこと、覚えたから……」

「新しいこと？」

怪訝《けげん》そうな顔つきの大我が居住まいを正したので、莉英は遠慮なく部屋に上がり込む。

「うん」

莉英は大我に近づくと、その躰を組み敷いた。

「おい……莉英」

「静かに」と言って、莉英は寝間着代わりの袴《はかま》の上から大我の下腹を探った。掌《てのひら》に逞《たくま》しいものの存在を感じ、莉英の躰も痺《しび》れるように熱くなる。下着の上からねっとりと舐《な》めると、大我が「こら」と窘《たしな》めてきた。だけど、引き下がるつもりはない。布の上からでも大我のものの色もかたちも、鮮明に思い出せる。それくらいに何度も、彼にこうしてきたからだ。

「ね、大我……だめ？　ちゃんと習ってきたよ」

「勉強熱心だな、おまえ」

呟いた大我の服を改めてくつろげ、莉英は大我の下肢に顔を近づけて楔《くさび》に直《じか》に唇を寄せる。

「…ん、ん…ぅう……」

ほかの男はこうすれば悦ぶのだと思い出しながら、大我の尖端を音を立てて吸い上げた。

「はむ…ん…っ…、ふ……う……」

少しずつ口内に性器を呑み込ませると、口腔で唾液《だえき》と楔が交じり、さも淫蕩《いんとう》な濡れた音になる。なるべく唾液を分泌《ぶんぴつ》するよう意識しているため、殊更際立って響く水音が、自分でもはしたないと思えるほどに卑猥《ひわい》だった。

この音を聞けば、どれほど熱を込めて奉仕しているかわかろうというものだ。実際、莉英は誰にするときよりも熱心に、大我に口淫《こういん》をしていた。

一旦は口から出して、今度は舌を這わせる。幹に唾液を擦りつけるうちに舌が痺れてきたが、力強く触れられるのがいいのか、大我が心地よさそうなのでやめたくなかった。

男のものなんて何百人もしゃぶってきたけれど、こんなふうにしたくなる相手は、今も昔も大我しかいないのだ。

より硬く育った屹立《きつりつ》を、莉英はことのほか、いとおしむように味わう。

「……っ……」

莉英、と彼が呟いたような気がした。

軽く唇を窄《すぼ》めて幹を締めつけながら、舌で小刻みに雁首《かりくび》のあたりをちろちろと刺激すると、たまらずに大我が呻《うめ》いた。

「こら、莉英……」

「ふふ」

鼻で息をしながら、顔を上舌に動かし、男の性器全体を唇で扱《しご》くようにして激しく出し入れする。自分の口を蕾《つぼみ》に見立ての卑猥な行為に興奮しているのか、彼の全身に汗が滲《にじ》んでいた。

「く……っんっ……んむぅ……ふう……」

頬に力を込めて唇を窄め、幹全体を口腔に引き摺《ず》り込む。

激しい力で吸引され、さしもの大我も限界のようだ。

「莉英、もう」

「……だめ、もっと来て……」

喉の奥を開くようにして、大我を口腔のより深くまで迎え入れた。逞しい肉茎《にくけい》とその分泌物は、ほかのどんな客の味とも違う。大我だけの味だった。

「出して」

唾液の糸を引きながら顔を離した莉英は上目遣いに大我を見やり、挑むように舌先で唇をちらりと舐める。

濡れた桜色の舌が生き物のように蠢《うごめ》くところを見て、大我が息をついた。

「大我の、呑《の》ませて」

囁いてから、尖らせた舌先で孔を抉《えぐ》るようにそこを往復させる。

「く……出すぞ」

「ん」

大我が莉英の首のあたりをぐっと摑んで、己の下腹に引き寄せる。従順に男のものを咥えた莉英の喉奥に向けてどろりと濃い液体が放たれ、独特の苦みが口腔に満ちた。

大我の体液だ。

口を塞がれた莉英は、性器を絞り込むようにして吸いながら、放たれた体液を呑んだ。ずるりとそれを口から抜かれる感覚に、ぞくぞくっと倒錯した痺れが背筋を走る。

「美味しい……」

大我の放った精を躊躇《ためら》いなく飲み干すと、一度口を離してから、今度は清めるために性器を舐《ねぶ》る。孔の中からも残滓《ざんし》を啜《すす》り出そうとする唇と舌の動きに、大我が小さく呻いた。

「どうだった？」

口許を手の甲で拭《ぬぐ》って、莉英は得意げに尋ねる。

「莉英の奉仕は躰が蕩《とろ》けるって噂されるが、本当だな。おまえ……ここまでしなくていいんだぞ？　桃華郷中を探したって、口を使うような遊妓は聞いたことがない」

「客を悦ばせてこそ、遊妓の本懐ってやつだよ。で、どうだった？」

莉英が心なし胸を張ると、大我は複雑な表情で口を開いた。

「……上手く、なったな」

「本当？」

「ああ、いやらしい顔できるようになった」

「いやらしい？　そうかな？」

していいるあいだの顔は自分では見えないから、よくわからない。

「それに膚、すごく綺麗になったろう。おまえは顔が整ってる分、色が白いとちょっと怖いくらいだ。彫刻かと思ったぞ」

「よかった。頑張ったんだよ、俺」

今の自分には、躰だけでも大我を悦ばせることはできるのだ。

ほっとした莉英は今度は自分の袴を緩め、それを取り去る。そして、気怠げに牀榻に座り込む大我にするりと跨《また》がった。

「おい、莉英？」

「こっちも、上手くなったよ」

それを聞いた莉英は艶やかに微笑し、自分の双丘《そうきゅう》を両手で強引に割り広げる。前戯がないのは本当はきついが、相手が大我だと思えばたいていの無茶はできるはずだ。

「こら。そっちこそ、女将に怒られるだろうが」

「いいって」

止めるのも聞かず、莉英は無理やりこじ開けた窄みにそれを宛がい、腰を落としていく。

これもまた、桃華郷の遊妓は滅多にしない体位だ。だが、莉英が恥じ入りながら腰を揺する様はたまらないと、密かに客のあいだでは評判だった。

「ほら、俯陰就陽《ふいんしゅうよう》って、こうでしょ？」

すっかり主導権を莉英に握られた大我の荒い息遣いが、耳に届いた。

「前に大我が、教えてくれたんだよ」

感じてくれるのが、嬉しい。

「呑み込んで、きゅっと締める。大我が中、突いてくれたら、ちゃんと俺も合わせるよ」

「莉英……」

前後に腰を揺すっていると、だんだん息が乱れてくる。莉英は着衣のままの大我を見下ろした。

「な、中、ぴくぴくしてる？　前に、褒めてくれたみたいに、なってる？」

「…なってるよ」

「ほんと？」

とうとう喘ぎながら問うと、大我が吐息混じりに頷く。彼の呼吸が荒くなり、衣の狭間から筋肉のついた大我の腹部が動くのがわかって、なぜか胸がいっぱいになった。

「……ああ。いいよ、莉英…」

自分だけでは、だめだ。もっと彼を感じさせて、気持ちよくさせてあげたかった。

「大我……俺……」

あんたのためなら、何だってできる。

そう言いたいけれど、押しつけがましいのは嫌いだから口にはしなかった。

「ん、んっ……すごい、そこ……硬いの、きてる……」

浅瀬に潜む感じるところに大我のものを押し当てるようにして、自ら秘泉《ひせん》を刺激する。

「…深い、すごく……あァっ…！」

鋭敏な柔襞《やわひだ》を楔で刺激されると、快楽で指先まで痺れそうになる。髪を振り乱した莉英の顎を伝って、引き締まった大我の腹の上に、汗がぽたぽたと落ちた。

こうしているあいだだけ、嫌なことを忘れられる気がした。

「何かあったのか？」

大我の鋭さに驚きつつも、莉英は咄嗟《とっさ》に本心を押し隠す。

「ううん」

このあいだ、想春と無駄な言い争いをしてしまったことを莉英は後悔していた。尖った言葉で人を傷つけたことが、自分でも悲しかった。

己が醜くなっていくのが、わかる。

顔だけならば、以前よりも綺麗になったかもしれない。栄養が行き届いているせいか、あの痣が徐々に薄くなってきた。

でも、心は違う。少しずつ少しずつ、何かに蝕《むしば》まれていくのを感じている。

いつか、そういうことにも鈍感になってしまうのだろうか。

この日常に慣れて、流されていくことが怖い。

だけど、一つだけ確かなことがある。それは、どんなに汚れても、穢れても、怖いだけであって、ちっとも苦しくないという事実だ。

大我の夢を叶えたい。彼の相棒で、共犯者でいたいから。

問われて莉英は急いで首を振り、体内の大我を締めつける。でも、これでは満たされなくて、心の奥底がじくじくと疼いた。

「莉英？」

「……大我…」

狭い秘蕾《ひらい》が破れそうなほどに大我でいっぱいになっているのに、なぜか、ひどく物足りない。淋しくて淋しくて、まだどこかに隙間があるみたいだ。

「どうした？　痛いか？」

「…へいきっ…」

気遣う大我の言葉は、優しいけれども。でも、自分が本当に欲しいものは、これ《ヽ》で《ヽ》は《ヽ》ないような気がする。

だけど、それが何かわからない。

桃華郷にどっぷり浸《つ》かるというのは、首まで悪所の水に慣れるというのは、こういうことなのだろうか。莉英がぞくっと身を震わせると、それは襞の動きとなって大我に伝わったらしい。彼が低く呻くのがわかったので、莉英は甘くねだった。

「出してよ、大我……中に……」

「馬鹿、始末が、大変だろう」

大我が小さく笑って、莉英の硬く引き締まった尻を撫でる。

「無理するな」

「してないよ」

唇を尖らせる莉英の腕を摑み、大我が「なら、教えたとおりにやってみろ」と囁いた。

「うん」

ほんのりと微笑んだ莉英は、大我の腹に両手を置いて支えにすると、その上で激しく躰をくねらせた。


商売前に大我と一戦交えたなんて、知られれば女将に文句を言われるに決まっている。

番頭が私情を交えることは、ほかの遊妓だって面白くないだろうと、店では距離を保つよう言われるくらいなのだ。

「ふあ……」

大きく欠伸をしながら街を歩いていた莉英は、せめて想春と仲直りしなくてはと考える。

柏雲がいなくなってしまった今、想春と自分のあいだは、ぎすぎすするばかりだ。

使い古された手口ではあるものの、甘いもので懐柔《かいじゅう》するほかない。このあたりでは、莉英も贔屓の菓子屋がある。ここの胡麻団子は想春もお気に入りだと、莉英は知っていた。

「胡麻団子、十個包んでください」

暖簾を潜って店先で声をかけると、「はいよ」と店の奥から主人がのっそりと出てきた。彼は顔も見ずに団子を包みながら、「今日もいいお天気ですねえ」などと暢気《のんき》なことを口にする。それから、気がついたようにふいと顔を上げて、えびす顔をしてみせた。

「おやおや、莉英じゃないか」

「こんにちは。ここの団子は美味しいから、店の皆へのお土産にしようと思って」

「そいつは嬉しいじゃないか。おまけしとくよ」

二個ほどおまけしてくれたあとに、主人は「それにしても」と切り出す。

「今日はまた、一段と色っぽいねえ。いい人のところへ行った帰りかい？」

「まさか。大我のところだよ」

色っぽいなんて言葉、改めて言われるのは恥ずかしい。大我とああいうふうにしているのは仕事の一環であって、特にものすごい意味があるわけではないのだ。

大我だって、同じだろう。

そう思うと胸がきゅんと疼く。苦しくなって、莉英は思わずそこを右の掌で押さえた。

「なるほど。はい、毎度あり」

「ありがとう、おじさん」

団子の包みを手にした莉英は、のろのろとした足取りで白鳳楼へ戻った。

ほかの建物と変わらぬ朱色の建築は、戸に鳳凰《ほうおう》の透かし彫りがなされている。

昔、青林《せいりん》とこの郷に来たときは、夢の国に足を踏み入れたような心地になったものだ。

今はすっかり、ここでの暮らしに慣れてしまったけれど。

楼は開店前ということもあり、のんびりとした雰囲気に包まれている。

「ただいま、女将さん。想春は？」

「まだ寝てるんじゃないのかい」

帰ったことを報告するために真っ先に帳場に顔を出すと、このうららかな陽気でうとうとしていたらしく、女将は欠伸をしながら言う。

「まだ？」

早い時間に大我の家に行ったこともあって時間はまだ昼過ぎだったが、さすがに珍しい。

いくらこのところ、想春の生活が乱れていたと言っても、そろそろ起きたほうがいい。

「居続けの客が来てるのさ。さっき僮に、もう少し寝たいって言ったらしいんだよ」

女将が続けたので、莉英は「ちょっと見てきます」と微笑む。この時間まで楼に逗留《とうりゅう》しているのだから、相手はおそらくは想春の間夫だろう。

胡麻団子を渡せば、二人で食べてもらえるかもしれない。このあいだは酷いことを言ってごめんなさいと、素直に謝れるだろうか。

階段を上がった莉英は、二階の一番端にある想春の部屋の前で声をかけた。

「想春」

返答はない。

「開けてもいい？　そろそろ時間だよ」

室内は、しんと静まりかえっている。

何だろう。嫌な予感がする。こんなうららかな春の日だというのに、足許から怖気《おぞけ》が駆け上がってくるようだ。

おかしいと思った莉英は、おそるおそる戸を開ける。

鎧戸《よろいど》が閉まっているのだろうか、部屋の中は未だに薄暗かった。

二人はまだ眠っているようで、布団がこんもりと盛り上がっている。

「想春、戸を……」

開けたほうがいいと言おうとした莉英は、そこで言葉を切った。

べったりとした真っ黒なものが、牀榻から床にまで滴っている。

この匂い——血、だった。

「想春……！」

耐えきれずに莉英は悲鳴を上げる。取り落とした胡麻団子の包みが血溜まりに落ち、飛沫《しぶき》が莉英の服の裾を汚した。

8

莉英《りえい》が次の店である『花筵楼《かえんろう》』に引き抜かれたのは、それから更に一年後のことだった。

白鳳楼《はくほうろう》にいた期間は、結局二年と少々。店を譲ることにした白鳳楼の女将は、莉英を別の店に売ったのだ。売れっ子の莉英は、白鳳楼より格上の花筵楼に行くことになった。

――大我《たいが》が後ろにいるから、上手くいってるんじゃないのかい。

――どこぞの王族のご落胤《らくいん》って噂は本当なのかねえ。

莉英の異例の出世の理由がわからず、桃華郷《とうかきょう》の人々はこぞって噂した。

莉英は訪れる客を虜《とりこ》にする肉体を備えているが、その程度の遊妓《ゆうぎ》ならば、これまでに何人もいたからだ。莉英には、ほかの遊妓が持たぬものがあるのではないか、とも噂された。

大我の手で絹を張った傘を差しかけられ、静々と歩いて新しい店の前にやってきた莉英を迎えたのは、この楼の女将だった。

莉英は艶やかな髪を結い上げて、煌びやかな宝玉で彩られた簪《かんざし》を差していた。華やかな刺繍がなされた深衣《しんい》は宝石が縫い取られており、莉英の艶やかさを引き立てる。

今や莉英は輝かんばかりに美しくなり、白皙《はくせき》の膚にあの病痕《びょうこん》は見当たらない。

「さあ、お入り、莉英。待っていたんだよ」

揉《も》み手をせんばかりに、女将はにこにこしながら莉英と大我を迎え入れた。

「ありがとうございます、女将さん」

「あんた、本当に醜いからって窯子《ようし》にいたのかい？　とてもそうは思えないくらいに、綺麗だけどねえ」

莉英は今年で十九になった。とっくに兄の年齢を追い越し、この廓《くるわ》にも馴染んでいた。

誰も、六年前にこの郷にやってきた汚らしい子供が莉英だとは思うまい。特に銀釵楼《ぎんさいろう》の女将は、莉英を手放したことを後悔しているらしかったが、日々の稼ぎを少しずつ貯めて、五年経たずに借金は返したし文句はないだろう。

今の莉英の借金は、店を移るときに、自分を買う新しい店が前の店に支払った金額が主となる。稼ぎは返済に充《あ》てるが、食費や部屋代も借金として加算されるし、売れっ子になるにつれて移籍の金額がはね上がるため、結果的に今の店に対する借金はろくに減らなかった。

「これからよろしくお願いします」

莉英はそつなく微笑むと、女主人に頭を下げた。

「あんたには期待してるよ、莉英。あんたのおかげでおまけに大我まで来てくれるなんて、有り難い限りだよ」

「大我は有能な番頭です。彼がいなくては、私は何もできないんです」

精一杯の言葉で、莉英は大我を持ち上げてやる。

実際、大我の采配は確かなものであり、彼がいると店が繁盛するという評判だ。誰もが大我を引き抜きたがったが、彼は莉英とともに店を移ることを望んだのだ。

「この店の一番人気の香蘭《こうらん》だよ。仲良くしてやっておくれ」

「莉英です。よろしくお願いします」

莉英が微笑みかけたが、香蘭はつんと顔を背ける。彼がつかつかとその場から去ってしまったので、女将は「すまないねえ」と苦笑した。

「慣れていますから、大丈夫です。部屋は二階の一番奥でしたね」

「そうだよ、莉英」

こういう手合いには慣れているので、べつにどうするつもりもない。

女将に連れて行かれて、莉英は大我の手を借りて自分の部屋に荷物を運び入れる。既に大方の家具やら何やらは搬入されていたので、持ってきたのは装飾品など軽いものだった。

お茶を淹《い》れてくると言い残した女将がいなくなったので、部屋には莉英と大我だけが残された。

「大我？」

「ん？」

こちらを眩《まぶ》しげに見ている大我が心ここにあらずなので、莉英は眉を顰める。

「どうかした？」

「いや、ちょっと……」

「疲れた？　ごめんね、大我。私のせいだね」

謝罪を口にし、悄《しょう》然《ぜん》と莉英は肩を落とす。

白鳳楼には残らずに店を移る莉英のために、大我がどれほど心を砕いて準備をしてくれたかを知っていたからだ。

莉英はいつの間にか、自分を『私』と呼ぶことを覚えた。莉英の権高だが気の強そうな美貌には、そちらのほうが似合うし、評判もよかった。

「馬鹿、おまえのせいじゃないよ」

「………」

莉英は「そう」と呟いた。

店を移ることに同意したのは、想《そう》春《しゅん》の一件があったからだ。売上げで莉英に追い抜かれたあとも、想春は派手な生活をやめることができず、前借りやら何やらで借金は膨れ上がり、もう抜き差しならなかった。それでも間夫と別れられなくて、彼は雁字搦めになってしまったのだ。おそらく、柏《はく》雲《うん》のことも心にのしかかっていたに違いない。想春が柏雲の姿に己の末路を見出したとしても、おかしくはなかった。幸い想春は一命を取り留めたものの、心中相手の男は助からなかった。それは、莉英にとっても苦い幕切れになった。

情死も未遂も桃華郷ではよくあることだが、それでは割り切れない。

自分の存在が想春を追い詰めたのなら、その咎《とが》を背負わなくてはいけないという自責の念もあった。青林《せいりん》だけでなく、想春のことも。

つくづく、重い。人がその身の内に抱える情念というやつは。

それに莉英が耐えられるのは、大我がいるからだ。

「そんな顔しなくていいよ、大我」

「おまえのほうが、酷い顔だ」

「痣なら消えたよ。――私はこの郷で必ず一番になる。そのためにここにいるんだ」

唇を綻《ほころ》ばせて、莉英は嫣然《えんぜん》と笑む。とびきりの笑みで、大我を安心させてやりたかった。

「こんなところで、潰《つぶ》れたりしない。潰れる弱さなんて、もうどこにもない。約束したとおりにするから、心配しないで」

「……ああ」

わかっていると言いたげに、大我は頷いた。

「でも、今までみたいに取れるだけのお客を取るつもりはないんだ。大我、今度から私に回す客は少し控えめにしてくれる？」

「借金はどうするつもりだ？」

「それは何とかするよ。安売りしてたら、躰が保たない」

ここに来ても今までと同じ売り方をしていては、莉英の価値は上がらないだろう。

一流の遊妓として生きていくには、演出も必要なのだ。

莉英の長所の一つは、冷静な観察眼を持つことだ。幼い頃から好奇の視線に晒《さら》されてきた莉英は、自然と他人を観察することに長じるようになっていた。だから、他人に自分が何を望まれているのかも容易く理解できたのだ。

「私はもう少し頑張らなくちゃいけない。大我、あんたにもつき合ってもらうよ」

「わかっているよ、莉英」

大我は真顔で答える。

「その代わり、私はあんたを裏切らないから……大我」

「馬鹿だな、おまえが裏切るなんて思っちゃいないよ」

昔から、大我が寄せてくれるのは揺るぎない信頼だ。

莉英よりもずっと前から、こんな泥沼のような遊廓《ゆうかく》にいるくせに、大我は人を信じることができる。大我の強さは、そこにあるのだと思う。

「あ、莉英さん！」

ぱたぱたと走ってきて部屋を覗き込んだのは、零れ落ちそうなほどの大きな瞳の少年だった。歳は十二、三というところだろうか。動きやすそうな衣を身につけ、息を弾ませている。彼は漆喰を塗ったばかりの部屋を、誇らしげに見回した。

「おまえは？」

「憐花《れんか》と言います。今日から、莉英さんにつく僮《どう》です。よろしくお願いします！」

「よろしく、憐花」

きっと女将は、憐花が客を取れるようになるまでのあいだ、莉英のやり方を学ばせようと思っているに違いない。それだけ憐花の将来性を買っているのだろう。

「大我さん、女将がお呼びです。帳場に来てくださいって」

頷いた大我が莉英の傍らを離れ、戸口へ向かう。階段を下りる足音が聞こえてきた。

「莉英さん、荷ほどきは俺が手伝います」

「助かるよ、憐花。この漆喰はいいね。この楼はどこもこうなのかい？」

「いえ、莉英さんが前の楼でそうしてたって聞いたから、女将に頼んだんですよ」

漆喰に気づいた莉英に褒められ、憐花は嬉しそうに瞳を輝かせる。

彼の心遣いが身に染み、莉英は「ありがとう」と告げた。憐花となら、上手くやっていけそうだった。

帳場で記録を書きつけていた大我は、莉英の名前に行き合って視線を落とした。

莉英がこの花筵楼に移って、もう二月が経とうとしている。

客の数を制限したのは吉と出て、「莉英はなかなか順番が回ってこない」と、逆に莉英の価値を高めることになった。客への応対がぞんざいになるどころか、客を減らした分だけ丁寧で大胆な床あしらいをするのも、好評の原因だ。また、莉英がだめなときは別の男妓に相手を頼む客も多く、客足が大幅に増えた花筵楼はあっという間に人気妓院になった。

楼の看板を背負うのは、大変なことだ。それだけに、莉英が疲れているのではないかと心配になる。

青年らしくなった莉英は、顔の輪郭も随分鋭角的になった。そのくせ華奢《きゃしゃ》なところは前と変わらないので、強く抱き締めると折れてしまいそうだ。

今も、莉英は常連客に抱かれて甘い声で啼《な》いているのだろうか。

そう思うと、大我はひどく落ち着かない、やるせない気分になる。

昨日、たまたま二階に上がったときに莉英の嬌声《きょうせい》を聞いてしまったからか。

——あっ…だめ、そこ……突《じ》いて……突いて、もっと……。

嫌がりながらも巧みに客を焦らし、雄の欲望を高める手口は、生半《なまなか》なものではない。自分が仕込んだ男妓は数多いが、中でも莉英は最高傑作ともいえた。

莉英は客に対して以前ほど愛想よい態度はしなかったものの、一度閨《ねや》に入るとその淫技は半端ではないと聞く。どんなはしたない遊妓でもやらぬようなことを、平然とやってのけるのだとか。その落差もまた、人気の秘訣《ひけつ》だった。

「…………」

胸の奥でちりっと火花が散るようだ。しかし、これは嫉妬ではないと、大我は己に言い聞かせる。自分と莉英は、ただの相棒だ。それが、最初に交わした約束だった。

「またいらしてくださいね、朱様《しゅ》」

気怠《けだる》げに莉英が告げる声が聞こえ、大我ははっとする。客の見送りをするのも役割だというのに、ぼんやりしてしまっていた。

玄関へ向かうと、莉英と客が立っている。深衣をいい加減に纏った莉英の手を掴み、常連客の朱がその甲にうっとりとくちづけているところだった。

悪くない雰囲気に、邪魔すべきではないと大我は足を止める。

「勿論だ、莉英。その手が乾かぬうちに、また来よう」

「ありがとうございます」

その様子を無言で眺めながら、大我は割り切れぬ感情を片隅に押しやった。

「莉英」

「大我、おはよう。もう起きたの？」

自身も疲れているようだが、莉英は大我を見て口角を上げて笑みを作る。

いつからになるだろう。大我は莉英の満面の笑みを見ていない。もう随分、長いこと。

「ああ。おまえ、顔色が悪いぞ。今日、平気なのか？」

「ん？」

今日は青林の命日だ。毎年その日は、大我は莉英と一緒に墓参りに行くことになっていた。

「あ、そういえば一緒に出かける約束だっけ」

莉英は表情を緩めて、大きく欠伸をする。

「ごめん、昼間は寝かせて。ちょっと疲れちゃった」

「だが」

「朱の旦那、見かけは上品だけど、結構えげつないんだよ。変なことといろいろしたがるから、ほかのお客さんの倍は疲れる。若いから無駄に体力あるし」

もう一度莉英は欠伸をし、辛そうに自分の腰をとんとんと叩いた。

――忘れて、しまったのか……！

驚愕《きょうがく》に、言葉もなかった。莉英が青林の命日を忘れることなど、考えられない。

表情には出ていないはずだったが、一瞬の動揺くらいは顔に過《よ》ぎったかもしれない。だが、莉英はつらそうにため息をつくばかりで、大我の反応には気づいていなかった。

「それに、今夜は急な出局が入っちゃったから、休みたいんだ」

「出局？　俺のところにそういう話は来てないが」

白鳳楼《はくほうろう》と違って、この楼は『出局』という、特別料金を支払えば遊妓を桃華郷の外へ連れ出していいという制度がある。機転の利く遊妓と馴染みなのは客にとって自慢になるため、花見や月見の際には、多くの遊妓が桃華郷の外へ連れて行かれるのだ。

「観月の宴。珍様《ちん》は上客だから、逃したくないんだよ」

珍とは先ほど帰宅した朱の親友で、彼から言付かってきたのだという。店には昼間、改めて出局の依頼をするとのことだった。

「ごめんね」

重ねて謝罪した莉英は懐を探って銀貨を取り出し、それを大我の手に握らせた。

「これで何か美味しいものでも食べてきて」

「………………」

「憐花でも誘ってあげてよ。私はちょっと寝るから」

不意に、どうしようもないやるせなさに襲われ、大我は我知らず手を伸ばしていた。

この郷で生きることが青林を生かすと言った莉英は、もうどこにもいないのか。

「莉英」

彼の肩を摑み、乱暴に引き寄せる。強引にその躰を胸に封じると、莉英は狼狽《ろうばい》したように躰を強張らせた。

昔のままのはずだ。これは、前と変わらない俺の莉英のはずだ。

――俺の？

暫く彼は黙っていたが、やがて焦れた様子で身じろぎをする。

「大我、どうしたの？」

困ったように顔を上げる莉英の表情に、胸が締めつけられるような気がした。

「……いや」

「私が、そんなに疲れてるように見える？」

馬鹿げた感傷に支配されて、莉英を惑わせてはいけない。

ただ、今の暮らしは、莉英の心を磨《す》り減らしているような気がして、不安なのだ。

しかし、莉英には目標があり、それは大我の望みでもあった。彼がそのために着実に頑張っているのに、自分が水を差すわけにはいかない。

「何でもないよ。だけど、暫くこうさせてくれ」

「うん」

このまま、莉英を繋ぎ止めておく術《すべ》はないのだろうか。俯《うつむ》いて彼のうなじに顔を埋めると、微かに汗の匂いがする。自分ではない男に抱かれて汗みずくになる莉英の姿を思い浮かべ、大我の胸はやるせなく掻き乱された。

「新しくできたお店が美味しいって」

「え？」

「東昇閭《とうしょうりょ》の近くの酒楼。お客さんが噂してたよ。羊の煮込みがお勧めだって」

「そう、か」

空疎な会話だった。

そばにいればいるほど、莉英が遠くなる気がした。

莉英の外見は美しくなる一方だが、それとともに何かを捨てていく。

醜かった彼自身を？　過去そのものを？　とりわけ大我と過ごした日々を、か？

ぞっとしたが、その明確な答えは、大我にはわからなかった。

いや、知っていて、目を背けているのかもしれない。

「引き留めて悪かった。ゆっくり寝ろよ」

漸《よう》く《や》大我は手を解《ほど》き、莉英から躰を離す。

「——うん」

一瞬、莉英は何か言いたげに唇を震わせた。

視線が、合う。

どこか作り物めいた茶色の瞳には、微かな光が宿っている。

彼が言葉を発するのを大我は辛抱強く待ったものの、莉英はついと踵《きびす》を返す。

階段のところでぴたりと足を止めた莉英は、振り返ることなく口を開いた。

「大我、今度……つき合ってくれる？　あさってくらいに」

「あさって？」

墓参のことを覚えていたのだろうかと期待したが、返ってきたのは別の答えだった。

「うん。出局のあとは疲れるから仕事は休みたいんだ。でも、試したいこと、あるし」

「……わかった」

大我と莉英の関係は、この花筵楼でも公然の秘密だった。二人の特殊な結びつきは皆に知れていたものの、金を稼ぐ莉英の機嫌を損ねたくないからと、女将も黙認している。

少しでも莉英を休ませてやりたいのだが、彼につき合えば、実験と称してまた躰を重ねる羽目になる。なのに大我は、彼を拒めないのだ。

いつも濡れたようになめらかな膚。閨に響く甘い声。男を翻弄《ほんろう》する技巧。

それらを身につけた莉英が売れっ子になるのは、当然の結果だ。

莉英は最高の男妓になるだろう。彼はそれだけの資質を持っている。

なのに、なぜこんなに嫌な胸騒ぎを感じるのか。


「莉英！　莉英、てめえっ」

ばたばたと早足でやって来たのは、花筵楼で一番人気の香蘭だった。

普段はしなを作って男性客に媚びているのに、今日はなりふり構わぬといった風情で、艶やかな髪を振り乱してまさに鬼のような形相だ。

部屋の牀榻《しょうとう》に腰を下ろし、長い髪を梳《す》いていた莉英は気怠げに顔を上げる。

「香蘭、何の用ですか？」

「てめえ、よくも俺の上客と寝てくれたな！」

よほど慌てていたのか、香蘭はこの冷え込みなのに薄手の深衣を一枚引っかけただけという有り様だった。

「あんたが風邪引いていたせいでしょうが」

同じく藍色《あいいろ》の深衣を纏っていた莉英は、しらっと言い切った。

濃い色味の深衣は、色白な莉英の容貌を引き立てるものだ。このような色合いの衣を、莉英は好んで身につけていた。

「そういうときは、」

「帰ってくれって言うんですか？　閭《りょ》でもあるまいし、一度断ったら客の心証が悪くなる。結局は損するのはそちらですよ、香蘭」

閭のように格式があり、遊妓と寝ることが自尊心をくすぐるような店とは違い、あくまで楼は実質的な店だ。相手を試せば、すぐにそっぽを向かれてしまう。

「あんたの間夫と寝てないだけいいでしょう」

「当たり前だ！　あいつと寝たらおまえを殺してやる」

ぎらぎらと光る目で、香蘭は莉英を睨みつけた。

「だったら、しっかり繋ぎ止めておくのが甲斐性ってもんですよ」

「間夫の一人も持てないおまえに言われたくないね」

「持てない？」

吐き捨てられた言葉を聞き咎め、莉英は不機嫌な顔で香蘭を睨《ね》めつけた。

「そうさ。おまえは誰のことも好きになれないし、なってもらえないんだ。自分が一番可愛い人間だからな。だから、お情けが欲しくてどんな男にも脚を開いてやるんだろ⁉」

「脚を開くのは、それが仕事だからですよ。客の選《え》り好《ごの》みはしません」

「は！　おまえにゃ心がないのかい、莉英」

彼の言葉は、莉英の心臓にぐさりと突き刺さった。

心はある。現に今も、こうして香蘭の言葉に傷ついている。

初めて会ったときに、大我だって褒めてくれた。まっさらで綺麗な、誰にでも自慢できるはずのものがあると。

だが、返す言葉もなく黙ってしまった理由が、自分でもわからなかった。

「白鳳楼の想春が心中しかけたのも、おまえのせいだろ。おまえが追い詰めたんだ！」

「追い詰められるほうが弱いんですよ」

自らの中に生まれた迷いを断ち切ろうと、莉英はきっぱりと断言する。

命さえあれば、また別の人生を生きられるかもしれない。

しかし、それさえも捨ててしまえば、そこで人はおしまいだ。

青林だって、死にたくて死んだわけじゃない。なのに、死なざるを得なかったのだ。

「嫌なやつだね、莉英。少しばかり顔が綺麗になったって、卑しい心根を覆い隠せやしない。おまえは心が歪《ゆが》んでる」

「歪むことで欲しいものが手に入るなら、それで結構」

言い切った莉英の言葉を耳にし、香蘭は哄笑《こうしょう》する。

激しい笑いは暫く続き、何事かとほかの男妓たちが部屋を覗きに来たほどだ。

ひとしきり笑い続けたのちに、香蘭は漸く平静に戻って莉英を睨んだ。

「やれやれ……哀れなもんだな、莉英」

香蘭は涙を拭い、唇を歪めて言った。

「おまえはここで一人で死ぬんだ」

「そうですか」

「それが俺の呪いだよ、莉英。おまえはこの郷で、一人きり野垂《のた》れ死《じ》ぬ。誰もおまえのことを愛しちゃくれない。廓《くるわ》で上り詰めたとしても、そんなものはかりそめのものだ。決して幸せになんてなれないんだ！」

「望むところですよ。廓で生きるからには、それくらい覚悟を決めてます。人並みの幸せなんて、そんな贅沢《ぜいたく》は言いません」

憮然《ぶぜん》とした顔つきで身を翻した香蘭を見送り、莉英は長い髪をさらりと掻き上げた。

いつか自分だって、容色が衰えて通用しなくなる日が来る。柏雲の例があるではないか。

それを知っているからこそ、誰もが焦る。郷にはどんどん若い子が入り、年老いた遊妓は捨てられていく。自分が一番輝いていられる時期なんて、ほんのわずかな日数にすぎない。

それを知らない者たちが、己の容色に溺《おぼ》れて道を踏み外すのだ。

そんな例は今まで死ぬほど見てきたのだから、莉英は間違えたりしない。

それに、もうすぐ莉英の時代が来るはずだ。

十九にしては教養があり、技巧も床あしらいも人一倍優れていると客はこぞって褒めた。

香蘭みたいな薹《とう》の立った色子より、自分がいいに決まっている。客のために書いてやる文だってそれらしいし、詩作をし、せつない愛の詩を馴染み客に贈ることもお手の物だった。

そうでなくとも、自分が負けたら、一緒に店を移ってくれた大我の名前に傷がつく。

莉英の恥は大我の恥となるのだ。

それに、今の香蘭が相手ならば、負ける気がしない。

自分には技術がある。大我仕込みの技巧と、男の心を読むという特技が。

見てろ。

いつか香蘭の間夫だって寝取って、この店から追い出してやる。窯子にでも行って、一日くたくたになっても銅貨一枚にもならないような生活をすればいい。

あんなやつ。

「…………」

ゆらりと、心中で熱いものが燃え上がる。それは炎のように激しい、競争心だった。

――ぞっとした。

莉英は櫛《くし》を牀榻に置き、思わず俯いた。恐怖に心が逆撫でされ、さあっと冷えていく。

嫌なことを考えてしまった。

あんなやつ、なんて……嫌な表現だ。どこでそんな表現、覚えたんだろう。

前は香蘭になんて手が届かない身分だったくせに、今や莉英は香蘭に対抗意識を燃やし、彼を蹴落《けお》とそうと思っているのだ。

顔立ちは美しくなり、丁寧な言葉で表面を取り繕うことを覚えた。

だけど。

このあいだも青林の命日をすっかり忘れてしまい、二日後にやっと思い出して慌てて墓参する始末だった。青林のためにもこの廓で一番になると誓ったくせに、本末転倒だ。

そのときはさすがに自分で自分が許せず、莉英は常になく深酒してしまったほどだ。

……私は、どうしてしまったんだろう。どうなるんだろう……。

自分で、自分が怖い。

無性に大我の顔を見たくなり、莉英はもどかしい手つきで髪を編む。忙しいかもしれないけれど、彼と言葉を交わせば、きっと心が落ち着くはずだ。

外から憐花が大我を呼ぶ声が聞こえ、莉英ははっとした。

「大我さん、こっちこっち！」

思わず窓に近寄ると、大我が憐花やほかの僮たちと一緒に店を出るところだった。

そういえば、新入りの僮に街を案内するから外に出たいと、先ほど憐花に言われたっけ。

「わっ」

はしゃいでいた憐花が足を滑らせかけ、大我が慌てて二の腕を摑んで抱き留めた。

「こら、憐花。おまえがはしゃいでどうするんだ」

「ごめんなさい、大我さん」

頰を上気させる憐花は、莉英から見ても可愛らしい。大我が蕩けそうな表情で彼を眺めているのも、無理からぬことだった。

「それにおまえ、いくら何でも薄着過ぎるぞ。そんなんじゃ、風邪引いちまう」

「憐花さんは、俺に上着貸してくれたんです」

「そうか、いい子だな、憐花は」

そんな他愛のないやりとりが耳に届き、莉英の心臓はきりきりと痛んだ。

「でも、おまえが風邪を引くと莉英を困らせる。気をつけろよ」

「はい」

……いいなあ。大我と堂々と歩けて。

莉英と大我は、あくまで男妓とその用心棒。人前ではよそよそしく振る舞わなくてはいけない。それに、莉英はいつの頃からか陽光が苦手になった。そうでなくとも、昼間はだらだら寝ていないと体力が保たない。自分はこの廓に相応しい存在になっていくのだ。

莉英は髪を結い上げると、ばさりと牀榻に横たわる。枕元には客からの手紙が何通か載せられていた。読んで返事を書かなくてはいけないとわかっていたが、莉英はそれを厭《いと》わしげに払い除《の》けて床に落とした。

こんなにもたくさんの男と寝てきた。躰を開いてきた。それが大我の教えによるものだったとしても、時々わからなくなる。見失いそうになる。

「……大我」

自然と涙が零れそうになって、莉英は唇を噛み締めてそれを堪えた。

胸を張れ。顔を上げろ。疚《やま》しいことなんて、何もない。

自分は前よりもずっと、綺麗になったじゃないか。売れっ子になって、香蘭を除く花筵楼の皆に感謝されている。借金も少しずつ返し、郷の両親を困らせてはいないはずだ。

幼虫が蛹《さなぎ》になり、蝶に孵化《ふか》するように、莉英は見違えるように変わったのだ。

しかし、引き替えに誰かを妬《ねた》み、嫉《そね》み、蹴落とすことを知ってしまった。

こんな自分のことを、大我がどう思っているのかがわからない。
綺麗な心をなくしてはいけないと、何度も言い聞かされた。
でも、そんなもの……本当は、もうとっくになくなってしまっていたのだ。
今の自分は、まだ大我にとっての相棒でいられるのだろうか？
何度も何度も、膚は重ねた。
なのに、肝心なことがいつの頃からかわからなくなってしまっていたのだ。

9

「寒いねえ。やってられないよ」

「手も足も悴《かじか》むってのに、あの強突張《ごうつくば》りの遣《や》り手《て》に、炭の代金まで借金にされちまう」

遊妓《ゆうぎ》たちは口々に文句を言うが、凍えてしもやけになるのも馬鹿馬鹿しい。莉英《りえい》は火鉢を用意させようと、階下に降りた。

帳場から大我《たいが》の声が聞こえて急ぎ足になったものの、その相手が憐花《れんか》であることに気づき、つい足を止めた。立ち聞きをしたかったのではなく、何となく近寄り難かったのだ。

「じゃあ、莉英さんは昔からの大我さんの知り合いなんですか？」

興味津々という憐花の声からは、無邪気さは消えない。憧《どう》であるため未《いま》だに躰を売ることを知らないのと、生来の気質とがそうさせるのだろう。

「そうだ」

大我の返答は淡々としており、この会話にはあまり乗り気でなさそうだ。

「昔の莉英さんって、どんな感じでした？　あちこちのお店を転々としたんですよね！」

「……さあな」

わずかに黙ったあと、大我は気まずそうに言う。

答えられないというのは、どうしてなのだろうか。莉英は俄《にわか》に不安を覚える。

室内履きを履いた爪先《つまさき》から、じわじわと冷えが伝わって全身に回るようだ。

「さ、いいだろ、憐花。そろそろ部屋に戻りな。莉英が待ってるんじゃないのか」

大我が取りなしたが、憐花は珍しく食い下がった。

「そうですけど、もっと大我さんの話、聞きたいです」

甘ったれるような憐花の口調に、莉英の心はひどく掻き乱される。

声を聞けば、わかる。憐花は、大我のことが好きなのだ……。

眩しく飾りのない好意の在処《ありか》を示され、じくじくと莉英の胸は痛む。それは今の莉英には、決して表に出せぬ類《たぐい》の感情だった。

「また今度だ」

「絶対ですよ、大我さん」

弾んだ憐花の声は明るくて、まるで鞠《まり》みたいだ。この廓《くるわ》にいても明るさを失わない憐花の声は、莉英も好きだ。だけど、今はそれよりも厭《いと》わしさのほうが勝った。

「わかったよ」

気乗りしない口調の大我の顔が見えないからこそ、莉英は不安になる。

本当に彼は、昔の莉英を思い出せなかったのだろうか。話したくなかっただけではないか。

もしくは、莉英のことを――過去の莉英を思い出したくなかったのかもしれない。

だって、今の自分と昔の自分は、少しずつ乖離《かいり》してしまっている。大我にとって、今の莉英は単なる仕事の相手でしかなく、所詮《しょせん》は他人なのかもしれない。

……ぞっとした。

それを契機に、不安が波のように押し寄せてきた。

「あ、莉英さん」

頭がくらくらとして、立っていられない。階段の手摺《てすり》にもたれかかる莉英を見つけ、憐花が走ってきた。

「すみません、今、部屋に戻るところだったんです」

はあはあと息を弾ませ、何食わぬ顔で己に相対する憐花に対して、莉英は自分でも信じられないくらいの憎悪を感じた。

「そう。なら、ちょうどいい」

莉英は硬く冷え切った声で言うと、自分の胸元に手を突っ込んで銅貨を取り出した。

「気分が悪いんだ」

「顔、真っ青ですよ。大丈夫ですか？」

心配そうに自分の顔を覗き込む憐花の瞳が、不安に翳《かげ》っている。

「これで何か果物を買ってきておくれ」

自分を案じる憐花の声を聞くのが嫌で、莉英は殊更尖った声で言った。

「果物、ですか？　何がいいですか？　林檎《りんご》とかありますよ、今なら」

憐花は大きく頷き、莉英の気分をよくするような果物を懸命に考えている。

それがまた、癪《しゃく》に障《さわ》るのだ。

「食欲がない。さっぱりとして水気のある……西瓜《すいか》がいい」

「西瓜、ですか」

憐花は困ったような顔になる。

いくら何でも、この季節に西瓜など手に入るわけがない。それを莉英もわかっていたが、どうしても意地悪せずにはいられなかった。

「おまえは私の僮だろう、憐花」

「――わかりました」

無理難題を言って、憐花を困らせたかった。

この子が憎い。憎たらしくて、たまらない。

昔の莉英のように、真っ直ぐな瞳をしている彼が。

真っ向から、大我を見つめることを許された憐花が。

「買えるまで帰ってくるんじゃないよ」

「え……？」

信じられないとでも言うかの如く、憐花が縋《すが》るような瞳を向けてくる。

「おまえは私についてる僮だ。私の望みを叶えるのは当たり前。望みを叶えられない僮なんて、いらないよ。叩き出してやる」

莉英はそう言うと、くるりと身を翻す。

自分が無情なことを口にしているとわかっていたものの、もう取り消せなかった。


結局、憐花が戻ってきたのは、その日の夜遅くだった。おかげで莉英は火鉢の用意や部屋の準備など、すべてを自分でやらねばならず、いもしない憐花に何度も悪態を吐《つ》いた。

「莉英、ちょっといいか」

「何？」

大我に呼ばれて外に出ると、外気との温度差で息が白い。

そうでなくとも既に一人目の客を取って疲れていた莉英は、うんざりと大我を見やった。

何を言われるのかなんて、予想がついている。案の定、井戸のそばに立った大我はむっつりとした顔で腕組みをし、まじまじと莉英を見つめた。

そこにあるのは、怒りと蔑《さげす》みと困惑。あたたかい感情は、皆無だった。

「どういうつもりだ」

大我は苛々した様子でそばにあった樹木に寄りかかり、腕を解いてその枝を折った。

枯れた枝が、ぱきりという音を立てる。

「どういう、とは？」

澄ました表情で、莉英は傲然《ごうぜん》と問う。

「憐花が熱を出してる。この寒空で、西瓜を桃華郷中、探し回ったんだ」

忌々しいことに、憐花は大我に告げ口をしたというわけか。大我の精悍《せいかん》な顔に怒りが浮かび上がるのを見ながら、莉英は「それは難儀だこと」と平然と告げた。

「おまえが、西瓜を買えるまで帰ってくるなと言ったんだろう？　それで、楼に戻れなくて裏口で半べそを掻いてた」

「泣き落としとは一人前だね。男を誑《たら》し込む才能があるようだこと」

嫌味しか出てこないこの舌を引っこ抜きたいが、そう振る舞うことしかできないのだ。

「莉英！」

ぴしゃりと大我に言われて、莉英は不機嫌な目つきで彼を見やる。

「おまえ、どうしたんだ？　そんな意地悪、言うようなやつじゃなかったろう？」

「どうもこうも……これが今の私ですよ。傲慢で冷たいと言うのが、この花筵楼《かえんろう》の莉英じゃありませんか」

大我の瞳を見ながらそう言い切ると、漸く胸のつかえが取れたような気がした。

そうだ。

自分は変わってしまったのだ。

世間や欲望に流され、情念に絡め取られ、泥にまみれているうちに。

他人を見下すことを覚え、自分の才能と美貌を鼻にかけるようになった。

いつの間にか思いやりなんてものをどこかに押しやり、態度は傲慢で冷ややかになった。

大我の可愛いと言ってくれた莉英は、もうどこにもいない。

その事実を認められなかったから、これまであんなに苦しかったんだ。

やっとここで、真実を告げられる。

「それは表向きだろ？」

「あんたに出会って、もう五年……一人の人間が変わっちまうには、十分の年月でしょう」

「莉英」

咎《とが》めるような大我の声音に、莉英は小さく笑った。

月の光を浴びる資格さえも、おそらく今の自分にはない。

闇と泥の中で這いずり回って生きるのが、莉英にはお似合いなのだ。

「見た目だけじゃない、人は中身だって変わる。いいや、見た目が変われば中身も変わっちまうんだ。そのことに、俺もあんたも気づいていたはずだよ、大我」

久しぶりに乱暴な口調になると、逆にどうにも落ち着かなくなる。取り繕って本心を糊塗《こと》した丁寧な言葉遣いのほうが、今の莉英には楽だった。

何を言ったって、今更もう遅い。

あれから五年も経った。

初めて大我に髪を撫でられたときのことを、昨日の出来事のように思い出せる。

触れられた瞬間、躰が痺れたような気がしたものだ。

……嬉しかった。

醜い莉英に、大我は躊躇なく触れてくれた。

嬉しくて、嬉しくて、この人のためなら何でもできると思った。

あのときから、なんて遠くに来てしまったのだろう。

こんな自分になってしまったことが泣きたいくらいに悲しいのに、涙さえ出ない。

夜、客を相手に閨で流す嘘の涙以外には、もう莉英には一滴も残っていないのだ。

「……とにかく、憐花には謝っておけ」

「悪いことをしたなんて、思ってません。これが今の私のやり方です。憐花は私の僮には相応しくない振る舞いをした。それだけですよ」

莉英は尖った声で答える。

もう終わりだ。これでおしまいなんだ。

あの日の自分に戻れるか？

否《いな》、そんなはずがない。

墨で真っ黒になってしまった白布を洗ったところで、灰色になるだけだ。こびりついてしまった俗世の垢《あか》は、もう落とすことができないのだ。

「莉英。頼む。そんな意地悪は言うな。——昔のように、できないのか？」

「無理に決まってるでしょう。何を言ってるんですか」

大我の穏やかな懇願を、莉英は鼻先で笑い飛ばした。

約束を破ってしまった以上は、大我とはもう以前のようにつき合えないだろう。

相棒でも共犯でも、いられない。

さりとて、ここで夢を諦めたら、莉英は何もかもなくしてしまう。

こんなにも心は穢れ切っても、希望だけは失えない。

それは人の心を導く、ただ一つの燈火《ともしび》だから。

「私についていけないなら、目を逸《そ》らせばいい。その目を塞いで、二度と見なければいい」

こんなにも醜い自分を、これ以上見てほしくはない。

「あんただって、見たくはないでしょう？　今の私を作ったのは、大我……共犯のあんたなんだからさ」

しかし、それを聞いて大我は静かに口を開いた。

「俺の目は誤魔化せないよ、莉英。おまえがそんな物言いをするのは、今の自分に、おまえが一番傷ついているからだ」

「…………」

ならば、一息に時を飛び越え、もとに戻れるだろうか。

大我の背中を必死で追いかけていた、あの頃に。

大我だけがいてくれれば、ほかには何もいらなかった。美貌も名声も、何一つとして。

この郷で一番になんてならなくてもいい。

半ば無意識のうちに見つめ合うと、大我の漆黒の瞳に吸い込まれそうになる。

「莉英さん！」

大我に手を伸ばしかけた莉英は、僮の声にはっと身を震わせた。

現実に引き戻された拍子に、髪に差した簪がしゃらんと音を立てる。

「こんなところにいたんですか！　お客ですよ！」

呼びに来た僮の声に、莉英は悠然と振り返った。

「今、行く」

「莉英」

「話はおしまいです。あんたも仕事でしょう、大我」

黙した大我を置き去りにし、莉英は玄関へと向かう。

馬鹿なことを、考えてしまった。一時の感傷に流されて。

昔の大我が莉英の綺麗な心を愛《め》でてくれたのは、薄汚れていくたくさんの遊妓たちを見てきたからだ。今の莉英は、遊妓のなれの果てである彼らと何ら変わりがない。誇れるものなんて、何も持っていないのだ。

莉英を待ち受けていたのは、上客の青年だった。彼は莉英を見るなり「莉英！」と今にも抱きつかんばかりの喜びようで、ほかの男妓《だんぎ》の冷たい視線などまるで意に介していない。

「ああ、朱の旦那じゃないですか。もうすっかりお見限りとばかり」

莉英は殊更素っ気なく言う。ほかの遊妓には許されない物言いだったが、莉英にはそれができる雰囲気と有無を言わさぬ迫力があった。

「おまえに会いたくて身を粉にして働いていたんだよ。そうすげなく扱わないでおくれ」

朱の言葉が嘘だというのは、わかっている。彼が別の店の男妓に手を出していたことは、小耳に挟んでいた。だが、そのあたりの駆け引きも一興というもの。

「私に会いたいとおっしゃるお客なんて、それこそ両手でも数えきれませんよ。私に飽きることができるんなら、いつでもおっしゃってくださいな」

つんと澄ました莉英がそう言ったため、朱は更におろおろし始めた。

「莉英、そんなつもりじゃなかったんだ……許しておくれ」

「――許してあげてもよろしいですよ」

ややあって莉英が傲然とした口ぶりで言うと、男の頬に赤味が差す。

「本当に？」

「ええ。ただし、明日まで帰らないと約束していただけたらの話です」

唇を綻ばせて嬌笑を作った莉英に、朱は「勿論だとも！」と大きく頷いた。

「おまえ以上の遊妓はいないよ、莉英」

興奮に目を潤ませる男を見下し、莉英は鼻で笑った。

「ふふ、そうでしょうとも」

「さ、莉英、おまえの部屋に案内しておくれ」

「どうぞ」

僮に先導させて、莉英は階段を上がっていく。

身を粉にして働くなどと言ったが、大店《おおだな》の御曹司の朱は金には不自由しない立場だし、朝までいられても問題はない。こちらだって心が痛まなかった。

男なんて――いや、ひとなんて誰もが簡単なものだ。

服を脱いだら、地位も何もかもが関係なく、そこにあるのは欲望だけ。

だが、莉英にはその欲望すらない。最早《もはや》、何一つ残っていなかった。

10

この桃華郷《とうかきょう》において何人かの有名人がいるというのなら、男妓《だんぎ》ならば蘇聚星《そしゅうせい》。妓女《ぎじょ》ならば、孫貞麗《そんていれい》。そして神仙ならば、四海《しかい》と四天《してん》の双子と相場が決まっている。

ここ、『金鏡楼《きんきょうろう》』の応接室で莉英《りえい》を待ち受けていたのは、その四海と四天の双子だった。二人ともつやつやとした黒髪を肩先で切り揃えており、愛くるしいと言っても差し支えのない容姿の持ち主だ。

神仙であり東昇閭《とうしょうりょ》という超一流の閭を経営する四海が、こうして格下の楼を訪れるというのはあり得ない椿事《ちんじ》だと聞く。

「おはよう、莉英」

「おはようございます、四海様、四天様」

寝坊したところで女将に「とんでもないお客だよ」とたたき起こされ、洗顔だけを済ませてここにやって来たのだ。

螺鈿《らでん》が施された紫檀の家具が置かれた狭い応接室は、この楼でも滅多に使われることがない。飾り窓からは光が漏れ入り、鮮明にこの特別な部屋を満たす。

女将が緊張に震えながら出した最上級の茉莉花茶《まつりかちゃ》の匂いを嗅ぎ、四海が「いい香りじゃのう。馥郁《ふくいく》たるとはこういうことを言うのじゃ」と幼い外見に似合わぬ口調で評する。

「この香りから、おそらく奏《そう》のあたりが産地じゃな。ほれ、色味が淡い」

人払いをした二人は一頻《ひとしき》り茶談義をしていたが、やがて四海が口を開いた。

「さて、莉英。わしらが来たのが何の話かわかっているはずじゃ」

四海の言葉に莉英は目を丸くし、ついで嫣然と微笑む。

「いえ、四海様」

「嘘をつくでないぞ、莉英」

ぴしゃりと言ったのは、四天だった。彼らはあまりにも相似しているので見分けがつかず、莉英も最初に名乗られたおかげで何とか区別できていた。

「そうおっしゃられてもわからないのですよ、四天様」

「おや、おまえほど上昇志向の強い男妓にわからぬわけがあるまい？」

この郷の者なら誰もが敬う二人の仙人がわざわざ会いに来たというので、莉英は今日は地味な深衣を身につけ、装飾品も最低限に抑えている。

かつて、銀釵楼《ぎんさいろう》での借金のことで恩はあったものの、以来話をする機会もなく、彼らの用

件は謎だった。

神仙だけに、この双子は桃華郷全体を繁栄させることに心を配ると聞いたことがある。よもや、自分の客あしらいが桃華郷の評判を落とすという文句でもあるのかもしれない。尤も、そのあたりは莉英なりの美学があってやっていることだ。たとえ相手が神仙であろうとも、彼らが己を納得させぬ限りは、意志を曲げるつもりはない。

「本当にわからないのです。お二人揃って、何のご用ですか？」

十三の秋にこの桃華郷に来て、七年以上が経つ。

二十歳を超えた莉英は太白家《たいはくや》、白鳳楼《はくほうろう》、花筵楼《かえんろう》を経て、とうとう楼の中でも最高級とされる金鏡楼に引き抜かれ、権高ともいえる繊細な美貌で今や廓中に名を馳《は》せていた。

男には靡《なび》かず、高慢で、気に入らない客は絶対に相手にしない。我が儘で気が乗らないと宴にも出ないが、その代わりに床あしらいは天下一品。並ぶ男妓は数少ないというのが、この郷でのもっぱらの噂だ。そしてそれは正しいと、評判を聞きつけて訪れた客の誰もが納得するのだった。

「本当に美しくなったのう、莉英。あんなじゃがいものようだった子供がと思うと、月日が経つのは意外に早いぞ」

「四海様も四天様も、お変わりないですね」

「わしらはこの姿が一番都合がいいのじゃ」

呵々《かか》と笑った四海は、まじまじと莉英を見つめた。

「琥珀《こはく》のような色合いの髪と瞳、唇はいつも桜色。褥《しとね》では男たちの精を存分に搾り取り、彼らを最大限に愉しませてやるのだとか」

「それが私の仕事です」

己の仕事には誇りと自信を持っている。神仙の前であろうと、莉英は何ら悪びれなかった。

「そなたの淫技の大胆なこと、つとに噂に聞くぞ」

「試してごらんに入れますか」

四海と四天、二人まとめて相手をするのも吝《やぶさ》かではない。

「それも面白い」

四海は真顔で頷く。

「おまけにそなたは詩文と踊りをよくし、時に揮毫《きごう》も頼まれるそうじゃな？　貧農の出でそこまですべてを備える娼妓《しょうぎ》は、なかなかおらぬぞ」

それはほかに、大切なものをなくしてしまったからだ。

教養や知識、大胆な寝技。そうしたものを身につけることは、難しくはなかった。

だけど、失われた無垢《むく》さは、もう二度と戻らないのだ。

「ここからが本題じゃ。じつは、そなたを引き抜きたいと思ってのう」

茉莉花茶を一口飲んでから悪戯《いたずら》っぽく笑ったのは、四海のほうだった。

「私を、東昇閣に？」

あまりのことに、声が震える。

まさに青天の霹靂《へきれき》だった。

「うむ。この店の借金を肩代わりしてやるから、そなたはそれを返すまで、うちの店で働くのじゃ」

何でもないことのように、さらりと四海が言う。

「勿体ないお言葉、恐れ入ります、四海様」

「なあに、予想していたんじゃないのか？」

悪戯っぽい問いに、莉英は珍しくはにかんだような笑みを浮かべる。

「東昇閣のような妓院へいつか上がれたら、という夢はありました。でも、夢が叶うか叶わないか、人の身ではわからないものですから」

「なるほど」

ふ、と四海は笑んだのは、莉英の答えがいささか謙虚すぎると思ったからかもしれない。

だが、それが偽らざる莉英の本心だった。

「それに、東昇閣には蘇聚星という大物がいるではありませんか」

もう十年以上も東昇閣で一番という、売れっ子男妓の名を挙げる。

聚星の端整な顔立ちはあくまで男らしく、艶やかで女性的な莉英のそれとはまるで違う。

時々それが羨《うらや》ましくなるものの、自分は自分。

持って生まれたものを、変えることなどできはしない。あの皮膚病の痕が快癒《かいゆ》したことだけでも、本当に有り難く嬉しいことだった。

「あれは男を抱くのが専門だ。抱かれるほうの頂点にはおまえが立て、莉英」

願ってもない申し出だったが、ここで犬のように尻尾を振って受け容れるのも癪《しゃく》に障《さわ》る。

「しかし」

渋ってみせる莉英の気持ちなど、お見通しなのだろう。四海はするりと口を開いた。

「遠慮などおまえの性分ではあるまい。わしらの前で気取ったりせんでよい」

あまりにもあっけらかんとした四海の物言いは闊達《かったつ》で、爽やかですらあった。

とはいえ、莉英のやり方は、ともすれば店の遊妓《ゆうぎ》たちの関係性を悪くしかねない。

「私がいると、男妓のあいだで波風が立つかもしれません」

「刺激があるのも悪くはない。おまえはその気の強さが魅力だと聞くからのう」

四海はくっくっと肩を震わせて笑った。

「それに、この年で東昇閣まで上り詰めてしまえば、目標がなくなります」

「――ぬるいことを言うな、莉英」

ぴしりと四天が口を挟んだので、莉英は思わず居住まいを正した。

「男妓が何年、その妓院の一番上に君臨していられると思う？　おまえたちの盛りは短いものじゃ」

「…………」

「若さに驕《おご》ってはならぬ。その短い旬のあいだに花実を咲かせてこそ、一興というもの。そなたは、青林《せいりん》の分も生きるのではなかったのか。そなたが名を残せば、青林の名も残る」

やはり、仙人はすべてお見通しというわけか。

「東昇閣は、花の盛りを賭けるに足る店だとおっしゃるのですね？」

「そうでなくては、あえてそなたを誘わぬ」

漸く話を引き取った四海は、茉莉花茶を口に運ぶ。

確かに、彼らの言うとおりだ。

この泥の海を泳ぎ切ることが目標だというのなら、今の内に閭《りょ》に行けるというのは喜ばしいことではないか。

ここから先に柏雲《はくうん》のように転落する人生が待っていたとしても、一瞬でも頂点に上り詰めることができるのなら構わないはずだ。

そのあとにどんな地獄を見ようとも。

「――私はこういう人間です。気が強く、可愛げがなく、自分しか信じない。四海様に対しても、自分を崩すことなどできやしません。それでも構いませんか」

「そういう遊妓が、一人くらいいてもよかろう」

莉英はこの仙人たちが、嫌いではなかった。

「あの大我《たいが》が仕立てた中でも、最高の男妓と聞くからな。興味があったのじゃ」

「大我には常々世話になっており、感謝しています」

莉英がそつなく言うと、四海は「そうじゃろう」と頷いた。

「あれは腕は立つが、粗暴なところもなく気持ちも優しい。用心棒にしておくには惜しいやつだ」

「ええ」

自分のような人間のそばにいてもらうには、過ぎた男だ。

今となっては、口を利くことも希《まれ》で、たまに莉英が閨《ねや》に誘うくらいのものなのに。

それでも、大我の存在は莉英にとっては心の支えだった。

「だが、莉英。一つだけ条件がある」

「はい」

どのような無理難題を吹っかけられるのかと、莉英は表情を引き締める。

暫く安い給金で働けというのか、あるいは僮《どう》から始めよというのか。

見習いからやる覚悟くらいあった。それで最後まで上り詰めたほうが、よほど華やかだ。

いずれにしたって、莉英にとっては大した問題ではない。

失うものも、得るものも、今となっては何もない以上は。

「大我はともには移れぬぞ。あの男とはここで別れるのじゃ」

四海は真顔でそう宣告した。

「…………」

考えたこともない事態に、さすがの莉英も言葉を失う。

それだけは、まったく思いもよらなかった。

「無論、憐花《れんか》もなしだ」

「私は……」

声が、無様にも掠《かす》れる。

この五年以上というもの、莉英の隣には必ず大我がいてくれた。花筵楼からこの楼までついてきてくれたのも、彼の律儀さを裏づけている。

その大我がいなくなるというのがどういう状態なのか、莉英にはもう思い出せない。

大我がいなくなったときのことなんて、考えられなかった。

「大我がおまえと一緒に店を変わっていたのは、特別なことじゃ。それに、うちには優秀な番頭がいるからのう。これ以上の人手は必要ないのじゃよ」

そう言われてしまえば、自分の我が儘で大我も連れて行きたいということは不可能だ。

それに、どちらが大我にとって幸せだろうか。

可愛げなんて欠片もない自分と、まだやり直しの利く憐花とどちらと一緒にいるのが。

憐花でなくとも、大我に憧れる男女は多い。それに引き替え、莉英は傲然として高慢だと、とかく評判が悪すぎる。

大我の心を癒せる相手が誰かなど、考えるまでもない。

「お世話になります、四海様」

莉英は深々と頭を下げた。


「右手を挙げるのが早いんだよ、憐花。もっと溜めて、情感を出して」

「はい」

莉英が稽古をつけてやっていても、憐花はどこか上の空で落ち着きがない。

「気乗りしないのなら、やめるよ。何かあったのかい」

莉英の前に立った憐花は暫く俯いていたが、やがて意を決したように顔を上げた。

「莉英さん、あの……店を移るって聞きました」

緊張しきった面持ちの憐花は、莉英は「耳が早いね」と短く返す。

「憐花、おまえのことは連れて行けないよ」

その素直さが妬ましくて意地悪をしたこともあったが、憐花はよく気がつくいい子だ。たとえ彼が大我に気があるとわかっていても、莉英にとっては手放し難い相手だった。それに、憧から卒業すれば、憐花は客を取らなくてはならなくなる。男妓になることで彼の素直さや無邪気さが失われることを、莉英は心の片隅で恐れていたのかもしれない。だから、こうして金鏡楼にも彼を伴ってきたのだ。

「俺はいいです。この店で一生懸命働きます。だけど、大我さんのことだけは連れて行かないでください！」

憐花は必死で莉英の服の裾に取り縋った。大きな瞳を煌めかせて、必死に哀願する。

「……馬鹿だね」

莉英は小さく笑った。

なんて綺麗な目なんだろう。

希望に輝き、人と自分の可能性を信じているような目。

こんな瞳で己が大我を見られたのは、いったいいつのことだったか。

いつまで莉英は、こんなに美しい澄んだ瞳をしていられただろう。

「大我なんて、連れて行けるわけがない」

莉英は、わざと憎々しげに言い放った。

口にすれば、その言葉を信じられるような気がした。だからこそ、強い声で主張する。

「よく考えてみなさい、憐花。あいつはせいぜい、楼の用心棒がいいところ。閻なんて器じゃない」

「ひ、酷いじゃないですか！　曲がりなりにも、大我さんは……」

口角沫《あわ》を飛ばしそうなほどの勢いに、莉英は苦笑する。

「何もかも終わったってことだ」

莉英はいつになく乱暴な口調で言い切った。

「莉英さん……」

「この店はそのうちすぐに、おまえの時代になる。甘ったるいことを言ってないで、自分の水揚げをどうするかを考えな」

憐花が再び俯くのを見下ろし、莉英は舌先に名残がある苦い思いを噛み締める。

本当は泣いてしまいたいのに、そのじつ、自分の心は干涸《ひか》らびて涙さえ残っていない。

夜ごとに男の腕に抱かれて、偽りの涙を流すからだろうか。


とうに太陽は昇っている時刻だが、遊廓の朝は遅い。

珍しく昼前に自宅を訪ねた莉英を、大我は驚きをもって迎えた。

「こんな時間にどうしたんだよ」

「話があるんです」

大我のねぐらは相も変わらず荒《あば》ら屋《や》なので、華やかな容姿の莉英が牀榻《しょうとう》に腰を下ろすとひどく浮き上がって見えた。昔はここに馴染んでいたのに、おかしなものだ。

「何だ？」

茶の一杯でも出してやろうと思ったが、そういう仲でもないとやめておく。話を済ませて、もう一眠りしたかった。

「引き抜かれたんですよ」

「また引き抜きか？　金鏡楼に来て、まだ半年も経っていないだろ」

欠伸混じりに大我が言うと、莉英は「ええ」とはにかんだように唇を綻ばせる。

「次はどこだ？」

「東昇閣です」

「と……」

大我は文字どおりに、ぽかんとした。

「本当か!?」

「嘘をついてどうするんですか。このあいだ、あなたが郷の外に出ているときに、四海様と四天様がお見えになったんですよ」

寝耳に水とは、こういうことだ。大我はまじまじと、莉英を見つめた。

「すごいじゃないか、莉英」

店の女将がこのところばたばたしていたのも、そういうことか。自分に聞かされていないのは意外だったが、重大な秘密だったのだろうと大我は納得した。こういう話がひとたびほかのものに知られれば、あっという間に桃華郷中に広まってしまうからだ。

「ええ。これで夢が叶います」

この桃華郷で上り詰めるという夢は、大我の託した希望のはずだが、いつの間にか莉英自身の望みになっていたらしい。

莉英が誇らしげに胸を張ると、彼の茶色い髪が朝の陽射しを受けて透けるように煌めいた。彼は頬を上気させ、珍しく機嫌がいい。桜色になった頬が妙に綺麗で、陶磁器のようだ。

莉英の美貌を見ていると、彼を見出した自分が誇らしくなってくる。

綺麗に、なった。

それでいて、その美しさに胸が締めつけられるのは、なぜなのだろう？

「それなら、俺もそろそろ金鏡楼は潮時だな」

東昇閣では用心棒なんて必要ないかもしれないが、下働きはできる。男衆として雇ってもらえばいいだろう。

「今度は一人で行きます」

「——何だって？」

またしても意外なことを告げられ、大我は狼狽《ろうばい》を隠せなかった。

冗談を言ってるのかと思ったが、莉英は真剣そのものだ。

「東昇閣に移るのはこの私だけという条件です。女将とも、そう話はついている」

信じられなかった。

莉英は大我を見捨てるのか。

「いつまでも一緒ってわけにはいかないでしょう。私もあなたも、もう、子供じゃない」

そう言った莉英は、顎をくいと上げて傲然と笑んだ。

「今までありがとう、大我。あなたのおかげでここまで来られたんですよ」

莉英はずっと自分を共犯者としていくとばかり、思っていた。なのに、いきなり突き放されたことが、大我には理解できなかった。

こんな日が来るとは、思ってもみなかったのだ。

「もう、あなたと私は赤の他人です」

当然のことながら、莉英は涙一つ見せない。

彼は大我がこの手で作り上げた、最高傑作の男妓だ。

ほかの誰かに渡すなんて、冗談じゃない。

そんな御角《おかど》違いのことを考えかけ、大我は慌てて打ち消した。

それが莉英の選ぶ道なら、自分に口出しする権利はないはずだ。

「それだけを言いにきたんです。――じゃあ、また店で」

「……ああ。気をつけて戻れよ」

「わかってますよ」

そう言った莉英は、人目を忍ぶようにして大我のねぐらから出ていった。

……不思議だ。

あれはもう三日も前のことなのに、まだなまなましく大我の胸は疼く。

莉英が出した結論に、異論はない。今まで自分が店を移ってきたのも、惰性でなかったといえば嘘になるだろう。

しかし。

「大我さん。大我さんってば」

憐花に袖を引かれ、商店の店先に立ち尽くしていた大我ははっと我に返る。

「どうしたんですか、ぼーっとしちゃって」

「いや……何でもないよ」

大我は苦笑し、憐花を見下ろした。

来月に成人する憐花は、それと同時に水揚げをされる。そのときに着る衣を新調するために、布を選んでほしいと言われてつき合ってやっているのだ。

「これ、莉英さんにどうですか？　この簪《かんざし》」

店には布のほかに、様々な装飾品が並べられている。憐花はそのうちの一つ、紅玉が嵌《はま》った簪に関心を示していた。

「ああ、こいつは綺麗だ。きっと似合うだろうな」

「でしょう」

憐花はにこにこと笑って、それを持ち上げて紅い石を陽射しに透かす。

「これにします」

「莉英に買ってやるのかい？」

「うん、東昇閤に行ってしまうそうだから、お祝いです」

莉英は高価なものしか身につけないが、これならば普段使うはずだ。憐花は貯めていたわずかな小遣いでそれを買うつもりらしく、店主に値段を聞いてほっとした顔になる。

「偉いな、おまえ。相変わらず、莉英がきつく当たってんだろ」

この頃の莉英はやけに苛立っていて、憐花にも大我にも尖った言葉をぶつけてくる。特に憐花への風当たりは強く、大我はそれを案じていた。

そうでなくともこれから水揚げされる憐花にとっては、今が一番揺れ動く時期だ。

「でも、そういう気持ちもわかりますし」

「………」

「大我さんだってそうでしょ？　だから、莉英さんに優しくできるんでしょう？」

そうだろうか。

莉英の心を、莉英以外の誰にわかるだろう。

大我にだってわからなかった。

こうなってしまうまで、大我は愚かにも信じていたのだ。

いつかどこかで、莉英とやり直せる。あの日の莉英はきっと戻ってくる、と。

だが、すべては叶わぬ夢だ。

別離を宣言されて以来、心の中に大きな穴が開いたかのようだ。

ずっと、莉英のことを可愛いと思っていた。自分なりに慈しんできた。

ゆえに、次第に莉英を見ているのが辛くなったのだ。身売りが彼の仕事だと知りつつも、自分以外の男に躰を投げ出す莉英を見ていられなくなった。

けれども、それを無言で耐えることで、大我は自分の過ちを償おうとしてきた。

それが、莉英に対する責任の取り方だと信じていたからだ。

莉英が変わってしまったというのならば、その罪を負うべきなのは大我だ。

こうなったのも、自分の責任なのだ。

11

桃華郷《とうかきょう》の繁華街から少し離れた小高い丘を登り切ったところには、質素だが格調高い黒漆の門があり、『東昇閭《とうしょうりょ》』と雄渾《ゆうこん》な書体で書かれた額が掛けられている。

小径《こみち》の周囲は竹林になっており、その少し先に一際風雅な楼閣が姿を現す。

高さは数十丈、広さは数十間というところか。

この建物は高楼の欄干《らんかん》に惜しげもなく高級な香木を使っており、おかげで建物全体にほんのりと上品な香りが立ち込めている。

建物の内部に入ると柱には神獣の意匠が、扉や欄間は丹念な透かし彫りが施されている。扉の取っ手は金細工の玉や翡翠《ひすい》が嵌《は》め込まれ、それ自体があたかも芸術品のようだ。

建物は美しいが、客がいない昼間の妓楼というのはがらんとしていて退屈だ。

「つまんないもんだねえ……」

ふう、と莉英《りえい》は息を吐き出し、手摺に頬杖を突いて階下を見下ろす。

その昔、都を騒がせた男妓楼の一番人気の男妓《だんぎ》である蘇聚星《そしゅうせい》だった。

「何がつまらないって？」

聞き咎めて声をかけてきたのは、東昇閣の一番人気の男妓《だんぎ》である蘇聚星《そしゅうせい》だった。

「これはこれは聚星の旦那」

莉英の声が、微かな険しさを帯びる。

「新入り、四海《しかい》様が心を砕いている東昇閣がつまらんところとは、聞き捨てならないぜ」

栗色の長い髪を結い、薄い唇にはやわらかな笑みを浮かべている。立居振舞は優雅で信じられないくらいの美貌の持ち主だが、あくまで男性的で、彼は客を抱くのが専門だった。

莉英に対する新入りという表現は単なる揶揄《やゆ》で、嫌味ではない。自分に比べれば聚星はよほど真っ当な性格だが、どこか投げ遣《なげや》りで、厭世《えんせい》的な雰囲気を漂わせていた。

「どうもこうもありませんね。この店は客が少なすぎる」

つんと澄ました莉英の言葉を聞き、聚星は喉を震わせて笑った。

「そりゃ、家《や》とも楼とも違ってのんびりしてるからな。一晩に客は一人で、相手も好きに選べるなんて優雅なもんじゃないか」

だが、そのせいで夜が長い。相応の手順の後、客として認めた人物と床入りし、懇《ねんご》ろに相手にするのは、今の莉英には苦痛だった。

勿論、誰が相手でもそれなりに上手くやるし、心も込めている自信はあるのだが、すべてがただの作業のように思えている。

客と情を絡ませれば地獄とわかっていながらも、どうして斯《か》くも辛いのか。

あれほど熱心に働いていたのに、自分で自分が信じられない。

そんな心情とは裏腹に、東昇閭に来て三月も経たぬうちに、莉英は聚星と並ぶ東昇閭の顔としてすっかり有名になっていた。

「おまえの歌も踊りも評判だ。まるで天女が舞うようだってな」

「それは有り難いことですね」

師匠から「素晴らしい」と太鼓判を押されてもなお、莉英は足の皮が擦り切れるほどに練習することを怠らなかった。昼間には必ず歌と踊りを復習し、部屋を片づけて身なりを整える。それもすべて、自分を決して買ってくれない男のためなのだ。

「今度、俺の宴も手伝ってくれよ」

聚星の誘いは悪びれなかった。

原則として馴染みしか相手にしない東昇閭だが、客が宴を開くときは、普段この閭《りょ》に来たことのないような人間を主催者が招くことができる。そのときに顔を合わせて気が合えば、紹介というかたちで遊妓《ゆうぎ》と顔つなぎすることも可能だった。

そのため、四季折々、様々な名目をつけて宴は行われる。

「勿論構いませんが高くつきますよ、私は」

莉英は素っ気なく言うと、聚星の美貌を冷然とした瞳で一瞥《いちべつ》した。

実を言うと、こういう人間が一番嫌いだ。

大した努力もせずに生まれながらの美しさを兼ね備え、他人に優しく振る舞うことを正当だと思っている。おぞましいほどの醜さを知らないから、荒んだこともないのだ。

「そんなに荒まなくたって、取って食いやしないぜ」

あまりにも莉英に余裕がなかったせいか、聚星が肩を竦めて軽口を叩く。こうして見透かしておいて悪びれないところも、いけ好かなかった。

「おまえ、どこの生まれだっけ？」

「……『管《かん》』です」

「そいつはまた、寒いところだなあ。それでそんなに色が白いのか。おまえの兄貴の青林《せいりん》も、抜けるように色が白かったって聞いたぜ。抱き締めるとじわりと膚がぬくもって、たいそう色っぽかったってな」

青林の話を出されるのは、どんな事情であっても嬉しかった。自分の選んだ道が間違えていないと、実感できたからだ。

「前に、管出身の客を抱いたことがある。雪が恋しいって泣いてたよ。帰れない事情は、人それぞれだけどな」

「確かあなたは、『磬《けい》』の出身でしたね」

「ああ。血なまぐさい噂ばかり聞きやがる。王が変わらない限りは、あの国はよくならないだろうな」

彼の瞳が愁いを帯び、莉英はそれを珍しいもののように眺めた。

故郷を懐かしいと思ったのは最初だけで、この妓楼で一番になるという目標を定めた頃から、あまりそのことを意識しなくなった。

いつも大我《たいが》がそばにいてくれたから、よけいに淋しくなくなったのかもしれない。

「そういや、今夜は大我が来るらしいな」

「え？」

ちょうど大我のことを考えていたので、空耳かと莉英は失礼にも聞き返してしまう。

「だから、大我が」

「な、何をしに？」

「知らなかったのかい？　おまえを買いたいんだとさ。大我のご指名だよ」

「ご冗談を」

出かけたときに大我と街ですれ違うこともあったが、会話らしい会話をしたことはない。目が合うと会釈をするものの、それくらいのものだ。

街の連中は莉英が大我を捨てたのだと噂をしたけれど、正確ではなかった。

自分と彼は、かつてのように赤の他人に戻っただけなのだ。

このあいだ、街で行き合ったときに「あいつのせいで身を持ち崩すことはない」などと朱《しゅ》に忠告していたが、そのときの言い草があまりに酷かったと、謝罪に来るのだろうか。

公衆の面前で莉英に復縁を迫る男を大我は上手くあしらい、あの一件で更に男を上げた。

一方で莉英は、取り澄まして冷たい高慢ちきな男妓として、更に陰口を叩かれた。

謝りに来るにしては遅すぎるように思うものの、それ以外に大我が莉英を買う理由など思い当たらなかった。

気にしなくていいのに。自分の中では、大我とのことは終わりになったのに。

しかし、どんな事情であれ、四海がそれを承諾したのであれば、莉英には逆らうことはできない。実績のある聚星と違い、莉英は次の男妓が入るまではこの店では新入り扱いだ。

憧《どう》ではないものの、客を選べるような身分でもなかった。


りんりんと虫が音を奏でる音が、莉英の耳にも届く。

夕方には一匹、二匹と数えられるほどだった虫も、目を覚ましたのだろうか。今や数えることもできぬほどの大合唱で、鼓膜を震わせる。

その虫の音に合わせるように、莉英は胡弓《こきゅう》を奏していた。

この胡弓は、かつて大我が買い与えてくれたものだ。楽器を習うよう言われたときに、何がいいのか莉英にはわからなかった。すると、莉英がこれを抱きかかえるところが可愛いからと、大我が胡弓を選んでくれたのだった。

今宵は陽が落ちるのが待ち遠しく、そして厭わしくもあった。こんな思いを抱くのは、久しぶりだ。

半輪の月が頼りない光を地上に届け、二人の影を揺らめかせる。

控えめな光に映えるように、今夜の装飾品は金や金剛石を使ったものにしている。榻《ながいす》に腰を下ろした大我を見下ろし、演奏を終えた莉英は嫣然と微笑した。

「お久しぶりです、大我様。今夜は買ってくださってありがとうございます」

深々と一礼する莉英の頭上で、簪《かんざし》が軽い音を立てる。

莉英の部屋は客を接待する応接室と、その奥にある閨に分かれている。まず客は、この応接室で酒食の接待をされることになっていた。

「素晴らしい演奏だった」

「あなたに買っていただけるとは思わなかったので、殊更思いを込めて奏したつもりです。お気に召していただけましたか」

「さっきから随分他人行儀だな、莉英」

酒のなみなみ注がれた盃を口に運び、苦笑を含んだ声で大我が言う。しかし、自分を買いにくるとは、最初に他人行儀な対応をしたのは、大我のほうではないのか。

「これが東昇閤での私の姿ですから」

見習いの男妓である小豊《しょうほう》は、無言で大我の盃に酒を注いだ。

大我は黒い地味な衣に身を包み、それが彼の男らしい精悍な容貌を引き立てている。こういう色の濃い服のほうが、大我の存在感を増す効果があった。

「どうしたんですか、急に」

身内同然の大我を接客するというのは、あまり居心地がいいものではない。話があるなら、さっさと済ませてほしい。

仕方なく、莉英は自分から話を進めることにした。

「このあいだの朱の旦那の一件を、謝りたいとでもおっしゃるんですか？」

「いいや。俺は本心を言ったまでだ」

それはまた、残酷なことを言ってくれる。

『莉英のせいで、身を持ち崩すことはない。莉英はあくまで遊妓、誰のものにもならないんだ。あんたは、あんたを誠心誠意愛してくれるような、身の丈にあった人間を選ぶべきだ』

――あれが大我の本音というわけか。

正直、あのときの言葉は効いた。

莉英の心にぐさりと突き刺さり、自分のような人間にもまだ傷つく余地が残されていたのかと、感心したほどだ。

人前でも平然と莉英に対する当てつけを口にするようになったとは、大我も随分変わったのかもしれない。

だが、その真っ直ぐな瞳だけは、昔から揺るぎないように思う。

どんなときも、大我は莉英に躊躇いなく触れた。彼は誰のことも差別せず、他人に平等に優しさを注いでくれる。

だから、莉英は間違えてしまったのだ。

決して自分のものにはならぬ男に、心惹《ひ》かれてしまった。

「――おまえの言うとおり、そろそろ潮時だと思ってな」

いきなりの宣告に、もう一曲くらい弾くつもりで胡弓を手にしていた莉英は凍りつく。

「潮時、とは……？」

「この仕事を辞めることにしたんだ」

「……そう、ですか。では、ここで店でも始めるんですか？」

用心棒でなくなる大我というのは想像もつかないが、何かいい商売でも見つけたのだろうか。莉英がわざと他人行儀に聞くと、大我は首を横に振った。

「まだ何も考えてない。国に戻って、そこで商売でもしようと思ってんだよ。あとは、我流だが武術でも教えるか」

覚悟が決まっているせいなのか、大我の声には迷いも惑いもない。

では、この郷を離れるのか……。

声が震えそうになるのをすんでのところで堪え、顔を上げた莉英は唇を綻ばせ、そして悠然と口を開いた。

「優雅な話だ。ま、それも楽しそうですね。あなたには似合いかもしれませんよ」

確かに用心棒のような危険な真似をされるのは嫌だし、桃華郷を出てまともな商売ができるのなら、そのほうが彼のためだろう。

「そう思うなら、話が早い」

不意に大我は真剣な顔になり、傍らに座る莉英に顔を向ける。そして、射貫《いぬ》くような鋭い瞳で莉英の双眸《そうぼう》を凝視した。

「何ですか、改まって」

やけに真摯《しんし》な顔をするとは、借金でも申し込むつもりなのだろうか。

それとも、絶縁の申し渡しだろうか。だとすれば、最後の最後で意地の悪いことだ。

「一緒に来ないか」

「――え？」

頭が、真っ白になる。

対処できない事態に、一瞬、本気で思考が停止しそうになった。

「俺と一緒に来ないか、莉英」

「……私に言ってるんですか？」

柄にもなく沈黙してしまったのちに莉英が問い返すと、「そうだ」と大我が真面目な顔で答えた。

「ここにはおまえと小豊しかいないだろう」

「冗談でしょう。私には……」

言葉が続かなかった。こんなときにどう対処すればいいのか、わからない。

「もうすぐ借金を返せると聞いたぞ。足りないぶんは、俺が払ってやる。それとも、俺と一緒に来る理由がないのか？」

「ありませんね」

心臓が痛い。ずきずきとする。

嬉しい。天にも昇りそうなくらいに嬉しかった。

昔の自分なら、一も二もなくその提案に飛びついていたことだろう。

——だけど。

己の身を振り返り、高揚する気持ちはすうっと冷えていった。

今の自分は、昔のような輝きも煌めきも、何も持ち合わせてはいない。あるのは、遊廓で生きるのに似合いの小ずるい心だけ。

どうしてあと三年早く誘ってくれなかった？

そう聞きたかった。

たとえ欠片でも、無垢で綺麗な心が残っているうちに。

そうしたら、今すぐ一緒に行くと言えた。何もかもかなぐり捨てて、あんたについていくと本心を吐露できたのに。

「莉英、おまえの願いは叶ったはずだ。桃華郷でも最低の窯子《ようし》から、この東昇閤の売れっ子にまで上り詰めた。このあとおまえは何をするつもりだ？　何がおまえの願いになる？」

あまりに真っ当な問いに、胸が苦しくなった。

目標を達成したあと、自分には何が残るのか？

――わからない……。

でも、考えても仕方がないではないか。

大我だって、自分を好きだから誘ってくれているわけではない。あくまで弟分に対する慈しみゆえだ。単に彼は、莉英を引《ひ》き摺《ず》り込んだことに責任を感じているだけだ。

それでも未練が残り、莉英は言葉を探す。

「昔に戻って、やり直せないのか？」

――心の中で、何かが砕けた。

ほら見ろ。大我はやはり、今の莉英を受け容れられないのだ。こんな自分を、彼は認めてはくれない。そんな相手と、上手くいくはずがないのだ。

「私はまだ、ここの看板になっちゃいない。売れっ子とは言われますが、看板でなけりゃこの郷の一番ではないんです。こんな半端なところでやめるつもりはありませんよ」

「……莉英」

窘《たしな》めるような声を聞かなかった振りをして、莉英は唇を綻ばせて嬌笑を作る。

「お誘いだけは、嬉しく受け取ります。出発日が決まったら、教えてください。うちの僮《どう》に餞別《せんべつ》を持たせますから」

沈黙したまま、大我は莉英の顔をじっと見つめる。

まるで、そこに書いてある真実を読み取ろうとでもいうかのように。

頼むから、暴かないでほしい。

あとほんの少し。虫が次の音を奏でたら、真実を口に出してしまいかねない。

こんな身の上であっても、一緒に行きたかった。いや、こんな身の上で——こんな自分でなかったら、一緒に行きたかったのに、と。

「た……」

その声を掻き消したのは、大我の虚《うつ》ろな笑い声だった。

「馬鹿、いらないよ。おまえが元気でやってくれるのが、何よりの餞別だ」

「……浮世に生きる相手に残すにしちゃ、随分捻《ひね》りのない言葉ですね」

くすりと莉英は笑うと相手から目を逸らし、大我の盃に新しい酒を注いでやった。

「すまん。変なことを言って悪かったな、莉英」

口許を歪めて大我が苦笑し、無骨な指でそっと莉英の頬に触れてくる。

熱い。

こんなふうに触れたことも、触れられたことも、幾度あったか知れない。なのに、大我の指がまるで火傷《やけど》しそうなほどに熱く感じられた。

大我。

どうしよう、大我。心臓が破裂しそうだ。壊れてしまいそうだ……。

「餞別はいらないから、見送りには来てくれないか？」

軽口に取り混ぜてそう言われたので、莉英は口許を袖で覆って笑った。

「生憎《あいにく》ですが、無理ですね。この先も一人でも多くの客を取らなきゃいけない。まだ借金は残ってるんですから」

刹那《せつな》、大我の瞳に過ぎった複雑な影に、莉英の胸は掻き毟《むし》られそうになる。

そんな顔をする理由は、単なる後悔でしかないとわかっていた。

莉英は小豊に目配せすると、退がるように促す。彼が音もなく姿を消してから、莉英は大我に顔を向けた。

「さ、大我様。立ってください」

「もうお開きか？」

「まさか。折角私を買ってくださったんです。東昇閣流のおもてなしをしますよ」

立ち上がった莉英は大我の腕を握ると、閨《ねや》に向けて軽く引く。

「おい、莉英。それはなしだ」

すぐに莉英の意図を察した大我は躊躇い、腰を浮かせようとしなかった。

「第一、閭では、何度かおまえのところに訪れて、顔見知りになってからのはずだ」

閭においては、客はすぐに遊妓と寝られるわけではない。まず初回で遊妓たちの中から、自分の相方を選ぶ。はじめの数回は一緒にお茶を飲み、互いに打ち解ける。気が合えば、よい日取りのときに客の友人たちを呼んで大々的な宴を開く。宴は疑似的な披露宴を意味しており、客と遊妓が夫婦になったことを表し、その後初めて床入りするのだ。

「もう顔見知りです。床入りするもしないも、私の意思次第ですよ」

それに、どうせ四海にはお見通しのはずだ。

「だが、今、お互いに行き先が決まっただろう。俺はもう、おまえとは……」

自分の人差し指を己の唇に当てた莉英は、ついでその指で、彼の唇をそっと塞ぐ。

唇は、誰にも渡さない約束だった。

だからこれは、ささやかな接吻《せっぷん》の代わりだ。

「野暮を言いなさんな。何も言わずに、私の生き方を最後まで見てくださいよ。それが……責任を果たすってことでしょう」

「莉英、俺は！」

「わかってない人ですね。あんたの大事にしてた弟はもうどこにもいない。俺は俺、蔡《さい》莉英でしかない。あんたの大事な弟にはなれない……！」

そう、これが自分。これが男妓としての莉英の姿。大我が作りだした、最高の遊妓だ。

せめて最後に、その肉をとくと味わってから別れるがいい。

闇に足を踏み入れて灯《あか》りを消すと、あとは隣の応接室からのぼんやりとした光でしか相手が見えなくなる。

莉英は大我を牀榻《しょうとう》に連れ込むと、強引に組み敷いた。

「莉英」

往生際の悪い大我の帯を、莉英はわざと雑に解く。乱暴に彼の袴を緩め、莉英はそこから強引に男の性器を引き出した。迷うことなく、それを口に含む。逞しい屹立《きつりつ》のかたちも体液の味も、何もかも覚えている。大我と何度交わったかなんて、数え切れない。

莉英のこの躰は隅から隅まで、全部大我のもの。

真実は口に出せない。言葉にできない。でも、最初から最後まで大我のものだったのだ。

「こんな、ことは……」

大我の声が掠れる。

口淫は好きでも嫌いでもないが、相手を大我に限れば好きだと断言できた。昂《たかぶ》れば口からはみ出しそうになるほど大きなものを愛撫《あいぶ》できるという悦び、男のもので口いっぱいに責められているという痛苦に、莉英は倒錯的な興奮を覚えたものだ。そして、今も。

「んっ……」

一滴残らず搾り尽くしてやりたい。

「ふふ……美味しい…」

夢中になって、莉英は男の欲望をしゃぶった。激しく雄根《ゆうこん》を愛撫し、莉英は今までで一番心を込めて口淫に耽《ふけ》る。

ややあって、大我は小さく呻いて体液を莉英の口に放った。飲みきれなかった分は莉英の髪にも飛び散る。彼自身も興奮していたのか、すぐに肉茎《にくけい》は熱を持って再び硬くなった。

口許に笑みを浮かべた莉英は、着衣のままであったが躊躇うことなく男に跨《また》がり、その雄蕊《ゆうずい》に手を添えた。

「莉英、」

「ああ…っ……!」

いくらこの体位に慣れているとはいえ、前戯もしていない秘蕾《ひらい》に大我を受け容れることは、苦痛以外の何ものでもなかった。

だけど、こうせずにはいられなかったのだ。

「…大我……大我…ッ…」

痛い。苦しい。でも……でも、すごく気持ちいい。

大我が中に、いるのが。

挿入の途中で大我の腹に手を突き、莉英は暫し息を整える。それだけで襞が動いて気持ちいいのか、体内の大我がますます大きくなるのがわかった。

「は…あっ……んんっ……」

何とか熱い肉鞘《にくさや》に大我のすべてを収めた莉英は、その雄刀《ゆうとう》で中を擦《こす》るように誘導する。莉英がきゅうきゅうとそこを締めつけるたびに、大我のものが硬さを増した。

ぎっしりと隙間なく、そこに雄の象徴を嵌められている。

そう意識するだけで、もう達《い》きそうだ。大我が中にいるからこそ、躰中が過敏になっている。大我が慰みに触れる部分が全部感じるところになってしまい、腰に手を添えられただけで、莉英は達しそうになった。

「きつい…な……」

「ふ…、処女みたい、でしょう？　ね、もっと、奥……挿《い》れて……」

いくら慣れているとはいえ、客を相手にこんなふうに性急に行為になだれ込むことはない。初めてのことに莉英の額には汗が滲み、苦痛に秘部が収縮する。それでも、大我が欲しかった。たとえ刹那の時間であったとしても、できるだけ長く彼と繋がっていたいのだ。

「来て、早く…深くして……」

「莉英」

大我がたまりかねたように莉英の腰を改めて摑み、いきなり激しく突き上げてくる。

息もできないくらいに何度も何度も下から突き上げられ、単調な喘《あえ》ぎしか出せなかった。

「あ…ーッ！　あ、あ、あ、あっ」

「…緩めろよ」

それでも、反射的にそこを緩めて抉《えぐ》られた瞬間に締めつけるという芸当くらいは、できる。

「そ、う……もっと、もっと、奥…ッ……」

下からの凄まじい突きに耐えかねた莉英が首を振ると、頭につけた簪がかしゃんと床に落ちた。あまりの激しさに辛うじて残っていた装身具が揺れ、耳障りな音を立てる。

褥が軋《きし》むが、それでも大我は止まらなかった。金具が緩んでいた首飾りが床に落ち、衝撃で糸が切れたようだ。真珠や宝玉が飛び散る音がしたが、もう気にならない。

搾り尽くすまで締めつけて、全部跡形なく消え失《う》せてしまえばいい。

「さすがだな、莉英」

「あ、あっ……早くっ……」

もっと溺れさせて、この体内でとろとろと彼を溶かしてしまいたい。

大我は突き動かされるように、屹立を莉英に打ち込んでくる。

顎から伝った汗が飛び散り、大我の皮膚の上で二人のそれが混じり合う。

「出して、大我……ね…中に……」

この男は自分のものだ。

だから喰らい尽くしたい。ひとしずくとして漏らすことなく、すべてを莉英の中に吐き出してしまえ。

その余韻だけで、自分はこの先も生きていける。

「……大我、お願い……」

甘ったるく囁きながら、莉英は確かに絶望をしていた。

こんなところでまで、自分は遊妓だ。

懇願する台詞にも媚びを含ませ、大我を感じさせようとしている自分がおぞましい。

男を貪《むさぼ》るときでさえも理性が残り、溺れきることはないのだ。

たとえ、こんなにも大我が大事であっても。

今ならば、青林の言葉の数々がわかるような気がする。

好きな相手には金で買われたくないと言った、彼の言葉が。

今の自分たちは、相棒でも何でもない。ただの、金で買われた男妓と客だ。

最後まで、そんなものにしかなれなかったのだ。


大我を見送った莉英は、四海に私室に来るように呼ばれた。

榻《ながいす》に寝そべっていた四海は、煙管《きせる》をちょいちょいと動かして莉英に近寄るように促す。その態度の大きさも、四海ならではと思えば気にならなかった。

「一つ、貸しができたな」

煙で動物のかたちを作りながら、四海が何でもないことのように口を開いた。

「わかってますよ」

今更、それを言われるまでもない。規律違反で何か罰を与えられても当然だった。

「そっちじゃない。おまえと大我のあいだで、間怠《まだる》っこしい顔見せなんてしなくていいよ。わしが言ったのは、つまり……そなたが肝心なことを黙っていたことじゃ」

困惑した莉英が無遠慮に四海を見下ろすと、彼は逆に真摯な瞳で莉英を見上げた。

「どうして大我にあんなことを言ったんだい？」

じっと見つめられると、胃の奥まで暴かれている気分になる。

「べつにどうもこうもしませんよ。大我とは長く組んでいたけれど、私の望みは東昇閣……この郷で一番の遊妓になることでしたし」

すっかり色窶《いろやつ》れした莉英は、今なお濡れる唇を綻ばせて艶笑《えんしょう》を浮かべた。

「大我のことをどうも思っていないのか？」

「大切な相棒でした」

すべては、過去だ。切り捨てるべき昔のできごとでしかない。

「大切なら、手放さないものじゃないのかい」

「私はこの苦界《くがい》に浸かりすぎたんですよ。嘘も本当も一緒くたで、わかりゃしない」

それが莉英の本心だった。

「好きなんじゃろう？」

「好き？　あの男を？」

莉英は思わず問い返した。

「そうじゃ。無論、家族としてではないぞ」

「――そんなもの、わからない。私には……」

莉英の声が揺らいだ。

好きとか嫌いとか、愛しているとか、憎んでいるとか。

そういう細やかな感情を解する心は、とっくに麻痺《まひ》してしまっていた。

自然と視線を落とした莉英は黙り込み、四海が息を吐き出すのを気配で察した。

「――のう、莉英」

「はい」

「わしはそなたがこの桃華郷に来たときから知っているが、そなたには昔から変わることがない美点がある」

いったい何を言われるのかと、莉英は押し黙った。

「おまえは今までに、一度として嘘をつかなかった。そこがおまえのすごいところじゃ」

四海の言葉に、それまで神妙に聞いていた莉英は噴き出しそうになる。

「そんなこと、他人にはわかりゃしないでしょう」

「勿論、隠しごとくらいはするだろうがな。だが、おまえの心根は誠実じゃ。仙人を舐めるものではないぞ、莉英」

居住まいを正して改めて榻に座り、四海は自慢げに胸を張った。

「おまえは、大我を遠ざけるために初めて嘘をついた。理由は一つしかないと思うがのう」

どきりと、した。

四海はすっかり気づいていたのだ。ただの人間よりもずっと敏《さと》い仙人の目を誤魔化せるとは思っていなかったが、こうもあっさり言い切られると否定もできない。

「――大我に似合いなのは、優しい子ですよ。私みたいな遊妓には、荷が勝ちすぎるってもんです」

「おまえみたいな遊妓、とはどういう意味だ？」

聞くまでもないことを改めて問われ、随分意地悪なことを問うものだと、乾いた声で笑う。

「荒《すさ》んで汚れて、嫉妬したり焼き餅を妬《や》いたり、意地悪をするような性悪な遊妓。いいところなんて、人より閨房《けいぼう》で上手く振る舞えることくらいですよ」

並べ立てれば立てるほど、己のおぞましさと見苦しさにうんざりする。

それほどまでに、莉英の本質は醜悪だった。

「それの何が悪いんだい？」

「何もかもです」

莉英の真意がわからぬとは神仙らしからぬ解釈だと、莉英は思わず苦笑する。

「やれやれ……大我と負けず劣らず、そなたもまた青いのう」

よりによって大我を青いと評するとは、信じ難いことだ。彼は出会ったときからずっと、見惚《みと》れてしまいそうなくらいに素晴らしい大人だったはずだ。

「大我もたいてい優しいやつだが、おまえも本当は優しいんだよ。金がない客を追い返すのは、目を覚ましてほしいからじゃろう？　借金で雁字搦《がんじがら》めになって何もかも失う男を、おまえは今までどれだけ見てきた？」

「貧乏な男なんて御免ですよ。気持ちよく遊んでもらえない」

言ってのけた莉英は心持ち胸を張ると、四海に挑発的な流し目をやった。

「いいじゃありませんか、四海様。この先は、私と聚星の二人でこの東昇閣を守《も》り立《た》てていくんですから」

「――うむ、まあ……そういうことにしておくか。よし、今宵は酒につき合っておくれ」

完全には納得していないであろうが、四海が退いてくれたことに莉英はほっとした。

東昇閣の一階にある大広間には十五夜の月華が差し込み、あたりを明るく照らし出している。所狭しと並べられた料理と酒。いずれもがこの桃華郷で味わえる、超一流のものばかりだ。

無論、着飾る莉英の深衣もやわらかな絹に金糸銀糸で縫い取りのある艶やかなもの。髪を飾る簪は、客からの貢ぎ物の一つで、数十という宝石が嵌め込まれてずっしりと重かった。

虫の音すら聞こえないのは、宴席の音楽があまりに華やかなせいだった。莉英と小豊のほかに、聚星とほかの僮たちが並んで旋律を奏でている。

「ほう……」

時折、ため息ともつかぬ声が並みいる客人たちのあいだから漏れ聞こえる。

月明かりの美しい今宵、大我は旅立つと聞いている。

何も夜を選ばなくたっていいと思うのだが、桃華郷の一番華やかな時間に発ちたいのだという。あの男らしい、面白い言い草だ。

ただ、意外なのは大我が憐花《れんか》を連れて行かずに、友人で女衒の厳信《げんしん》と旅立つことだ。てっきり憐花を落籍するのではないかと莉英は思っていただけに、そうでないことに安堵《あんど》した。そして、そんな自分の醜怪さを思い知るにつけ、複雑な気分になるのだった。

「素晴らしい演奏だったよ、皆」

演奏が終わったところで、客たちは口々に男妓の素晴らしい演奏を褒め称《たた》えた。

「もう一曲、披露いたしましょうか」

「いいや、そろそろ踊りを見せてくれよ、莉英」

「かしこまりました」

張り切って今夜の宴席を設けた客に言われて、莉英は立ち上がる。これから、彼は莉英の馴染みになるのだ。

月明かりに映える白い深衣を身につけた莉英は、舞踏用の剣を手にし、小豊に「曲を」と頼む。

曲名を告げられ、宴席の主人は俄に鼻白んだ顔になった。

「莉英、よりによって別れの曲なのかい？」

「はい」

剣を手にした莉英は、ほんのりと微笑する。

「どうして、このめでたい席に……」

男は忌々しげに舌打ちをするが、莉英はそっと右手で彼の手を包み込んだ。

「おわかりになりませんか？　今ひとときは過去を忘れて、あなたのものになりたいのですよ」

莉英が珍しく可愛げのあることを言うと、それだけで男は鼻の下を伸ばした。

舞踏用の剣を手にする莉英が選んだのは、遠い遠い神話の頃の物語だ。偉大な王とその愛《あい》妾《しょう》が時代に翻弄され、戦いに巻き込まれて悲劇的な最期を遂げるというものだ。

敵軍に囲まれた愛妾は己の命運が尽きることを知り、王の剣を抜いて自らの命を絶つことを選ぶ。

「兵已《すで》に地を略し　四方異郷の歌」

大我は今頃、武門橋《ぶもんきょう》を渡っているだろうか。

莉英は結局、一度もこの郷から出ることはなかった。この先だって、絶対に出られない。

懐かしい。

あれは秋の、きらきらと陽射しの光る日だった。自分は十三でこの桃華郷に売られ、兄の青林とその壮麗さに目を瞠った。あのときは、自分がこうして宴で踊りを披露するなんて、夢にも思わなかったものだ。

小豊に頼んで餞別を渡してもらったから、大我はこれで暫く遊んで暮らせるはずだ。莉英がこの店で稼いだぶんだけ四海に用立ててもらったので、借金はまるまる残っているが、それでも構わない。大我のことだから無駄遣いはせず、新しい暮らしを始めるための資金にしてくれるだろう。

胸が張り裂けそうだ。

できることなら、今すぐこの場から駆けだして、大我を追いかけたい。連れて行ってほしいと、身も世もなく縋ってしまいたい。

だけど、それは莉英には決してできないことなのだ。

――なぜ。どうして、離れてしまうのだろう。

こんなにも、自分を愛してくれた者はいない。

こんなにも、自分が愛した者はいない。

大我の情愛は弟や仲間に対するもので、莉英が抱く愛情とは違う。でも、それでも愛は愛だった。

嵐のような激しさはなかったが、常に大我は春の日向《ひなた》のようなあたたかさで、自分を包み込んでくれた。

大我。

どうして、別れてしまった今になって、思いは溢れ出すのだろう……。

涙が一粒、零れる。

「大王の意気尽く　賤妾《せんしょう》何ぞ生を聊《やす》んぜん」

最期に己の胸に刀を突き立て、莉英は中央に頽《くずお》れていく。

「今夜の莉英の踊りは鬼気迫ってるなあ」

盃を口に運びつつ客が感心したように言うが、その理由に気づいているのは、宴を見守る四海くらいのものだろう。

やっと泣けた。

嘘の涙もたくさん流したけれど、これは本物。

大切な失い難い過去を葬り去るための、浄化の涙だった。

脆《もろ》い心にとどめを刺し、今度こそ殺すのだ。

そしてすべてを忘れてしまおう。

そうでなくては、一人前の男妓としての矜持を見失ってしまいそうだからこそ。


街道は月明かりで白く照らし出され、まるでこの世のものではないかのようだ。

このまま天界にでも繋がっているのかもしれないな、と大我は何気なく思う。

桃華郷の方角からは華やかな音楽や人々の嬌声が未だに聞こえ、にぎやかなことこのうえない。こういう夜ならば、旅路も悪くはなかった。

「い一のかよ、大我」

「何が」

同行の厳信に話しかけられ、思索を遮られた大我はちらりとそちらに視線を向ける。

二人は袖の詰まった衣に短袴を穿き、足は軽い沓《くつ》。動きやすいように袴は踝《くるぶし》あたりまで紐で縛ってある。

「見送り、莉英が来なかったろ」

「いいんだよ、今夜は中秋の名月だ。その宴があると言っていたからな。それに、そもそも見送りになんて来るような玉じゃない」

「だからってさあ……なあ、あいつのこと、好きだったんじゃないのか？」

「可愛い弟みたいに思っていたよ」

「弟と寝るのかよ。乱れてんなあ」

呆《あき》れたように厳信が肩を竦める。

「言葉の綾《あや》だろう。揚げ足を取るな」

莉英が言伝てとともに僮の小豊に持たせてくれた路銀は、ずっしりと重かった。

わざわざ四海の許可を取り、遊妓用の票から換金してもらったのだという。

返すといっても聞かないだろうから仕方なくもらっておいたが、その重みは、あたかも首《くび》枷《かせ》のようにも思えた。

「それに、肝心の莉英がここでしか暮らせないって言うんだから、仕方ないだろ」

「へいへい。前から思ってたんだけど、おまえは本当に優しいよなあ」

「そうでもないぞ」

「そりゃ用心棒なんてやってるから、荒っぽいところもある。でも、大事な相手にはとことん優しいんだ」

厳信はざくざくと夜道を歩きながら言う。こういう晩は野盗が怖いので、野営するには見晴らしのいい場所に辿り着きたいのだろう。

「褒めてくれて有り難いよ」

会話をしていなければいつの間にか莉英のことを考えてしまいそうで、話しかけられるのは助かる。大我は素直に笑みを浮かべた。

「ばーか、これはけなしてんの。おまえはさ、ただ優しいだけなんだよ」

「え？」

意外な意見に、大我は眉を顰めた。自慢ではないが、優しいと褒められることは数多い。しかし、それだけだと言われたのは初めてだった。

「見返りも何も求めなくて、ただ優しい。それって美徳かもしれないけどさ……そうじゃねえよ。おまえは相手に優しくすることで、自分の責任から逃げてるんだ。ただ、何もかも流してるだけだ」

「流してるつもりはないよ」

まさか旅の初日に、こうも耳の痛いことを言われるとは予想外だ。厳信とのつき合いは長いが、そういう性格だとは思ってもみなかったからだ。

「じゃあ、どうして無理にでも莉英を連れてこなかったんだよ」

二歩ほど先んじてから振り返った厳信は眉間《みけん》に皺《しわ》を刻み、大我を見据える。しかし、大我の答えは決まっており、それを飄々《ひょうひょう》と受け流した。

「嫌だって言われたら、無理強いできないだろう」

「そこで諦めるのはなあ……おまえ……」

厳信はそこで口ごもり、はあ、と大きく息を吐いた。

「今はわからないかもしれないけどな。おまえのそれは、断じて優しさじゃないぞ」

「わかったよ、厳信」

社交辞令代わりに笑った大我に、厳信は「わかってないって……」と呟く。

そして、面倒くさそうにぽりぽりと顎のあたりを掻いた。

無論、大我にも厳信の言わんとすることが多少は理解できる。

けれども、莉英がここで一人きり生きることを望んだのなら、仕方がない。

莉英は、情けない大我のことなど見限ったのだ。

最早、彼が大我の手を取ることは一生ない――それが明白である以上、どうしてずるずると見苦しく彼のそばにいられるだろうか？

好きだったのだ。

莉英のことを。

最初は弟のようになどという言い訳をしていたが、そうではなかった。

情が移っていたからこそ、莉英を連れ帰りたかったのだ。

たぶん、初めて出会ったあの頃から、莉英の魂の輝きに惹きつけられていた。彼の優しさと素直さに魅せられ、そのひたむきさに心を奪われていた。

それゆえに、莉英がほかの男に抱かれるのを見るのは嫌だった。

自分が間違った望みを莉英に与えたことがわかっていたのに、健気《けなげ》にも二人の罪を背負おうとした莉英を目にするのは苦しかった。

何もかも自分が悪いと思ったからこそ、昔に戻ってやり直したかった。

しかし、時は既に遅すぎたのだ。

12

「毎日すごい贈り物ですねえ、莉英《りえい》様」

数多くの馴染みから届いた荷物を解いていた小豊《しょうほう》が、感心したように呟く。

「こっちは饅頭《マントウ》ですよ」

「饅頭は皆でお食べ。私はいらないから」

「え……でも、これは莉英様への……」

「遠慮は可愛くないよ、小豊」

さらりと莉英は言うと、もう一度欠伸をする。

この郷において一番になるというのは、こういうことなのか。

いりもしない愛情を押しつけられ、辟易《へきえき》するだけだ。

ぱらりと手紙を捲《めく》った莉英は、その情熱的な文面を一瞥《いちべつ》して欠伸を噛《か》み殺す。

『愛する莉英。君のその瞳は故郷で見る星のように美しく煌めく。君を一目見たときから、私は君の虜《とりこ》で――』

玄関で物音がしたように思えて、莉英は「下に行ってくる」と小豊に告げた。

階段を下りていくと、戸口には聚星《しゅうせい》と灯璃《とうり》の二人が立っていた。

「よう、莉英」

「何です、まだいたんですか」

こちらに気づいた聚星に声をかけられて、莉英はこれ見よがしに不機嫌な顔を作る。灯璃もぺこりと会釈したが、二人とも動きやすそうな旅装束だった。

「まだってのは何だよ」

「あなたがこの閭《りょ》を辞めてから、もう六月《むつき》。遊んで暮らすにもほどがあります」

「そのあいだに、おまえが名実ともにここの一番の男妓《だんぎ》になっただろ。いい話じゃないか」

聚星の言葉に、それもそうかもしれないと莉英は思い直す。

それに、そのあいだの聚星は新入りの教育係をしてくれていたのだ。

「ほかにこの閭を背負える男妓は、まだ育っていませんから」

「一人で支えるのは大変だろうが、頑張れよ。如水《じょすい》もいるからさ」

聚星が白い歯を見せて笑ったので、対照的に莉英は表情を引き締めて頷いた。

「それで、今から磬にお帰りになるのですか？」

「ああ、四海《しかい》様に、今日は日がいいっていきなり言われてな」

「大丈夫なのですか？」

楽《がく》の西にある磬《けい》は、王の暴政に耐えかねて民が立ち上がり、このところ内乱でごたごたしていた国だ。

陽都一の佳人と謳《うた》われた美しい磬の王子の史翠蘭《しすいらん》が囚《とら》われの身となったことや、神獣によって新しい王が選ばれたとの話は、この桃華郷にまで届いた。

「だいぶ落ち着いたって、厳信《げんしん》から手紙が来てた。それに、前よりは住みやすくなってるかもしれないんだ」

「せいぜい気をつけてください。まだ、内乱の余韻があちこちに残っているとか」

「ありがとよ」

にこりと笑った聚星は、傍らに立つ灯璃に「気をつけなきゃな」と言った。

紆余曲折《うよきょくせつ》を経て、聚星はこの東昇閭《とうしょうりょ》の憧だった灯璃を落籍した。彼はあっさりと売れっ子男妓の座を捨て、これから桃華郷《とうかきょう》を出ていくのだ。

灯璃は相変わらず髪を二つに縛っていたが、その可愛らしい顔立ちには、以前にはなかった微妙な色香がある。
二、三年後にはさぞや美しい青年になって、聚星の頭を悩ませるのだろう。
「にしても、ご贔屓の皆様に申し訳がありませんね」

「ああ。特に彩夏《さいか》様が心配だ。任せたぞ」

思い人と聚星の声が似ているという理由で希《まれ》に訪れる、わけありの麗人の雨彩夏《う》は、さぞや落胆するはずだ。

「私にあの方を抱くのは無理ですが……慰めるべく努力はしますよ」

東昇閤のためにも聚星と灯璃にはここにいてほしかったのだが、四海の考えなのだから仕方がなかった。

「すまぬ、待たせたのう」

「遅いですよ、四海様」

「気にするでない。――では、ちょっと見送りに行ってくるぞ、莉英」

奥からやってきた四海にそう言われ、現実に引き戻された莉英は急いで頷いた。

「はい、お気をつけて」

莉英は頷き、聚星に「元気で」と声をかけた。

「おうよ。この店は頼んだからな、莉英」

ひらひらと手を振る聚星の顔は晴れ晴れとしており、とても幸せそうだ。こういうやり方で出ていけるのかと、羨ましささえ覚えた。

「あなたに言われるまでもありません」

権高に莉英は答え、にぎやかな一群を見送った。

途端に、あたりがしんと静まりかえる。

淋しくなるな、と常にない感傷を覚えて莉英は立ち尽くす。

いつも、なくしてから気づく。それは大切なものだったのではないかと。

聚星の声が、まるで残響のように耳の奥に留まっている。あんなに鬱陶しいと反発していた相手なのに、いなければいないで淋しいのだった。

暫くその場に佇《たたず》んでいた莉英は、気持ちを切り替えようと歩きだした。階段を下りきった莉英は、厨房に「花を摘んで来ます」と声をかける。

「俺も行きます！」

すぐに厨房から、小豊が転びそうな勢いで飛び出してきた。

東昇閣は広い林を備え、その美しさは昼も夜も楽しむことができるのだ。莉英はそこから花を折り、日々違うものを生けるのを日課としていた。

小豊と連れ立って建物から少し離れた花壇に向かった莉英は、この日は菊を選んだ。

「莉英様、本当に綺麗ですね、この菊は」

「おまえが丹精したからでしょう。ありがとう、小豊」

「そんな……」

莉英が珍しく褒めてやったので、小豊は頬を染める。

建物に近づいた莉英は、玄関のすぐ近くの植え込みががさりと揺れた気がして、反射的にそこで足を止めた。小豊もそれに倣《なら》う。

「誰かいるのですか？」

身構える莉英の前で今度は派手に茂みが揺れ、男が足を踏み出す。

「莉英……」

ゆらりとした幽鬼のような影。窶《やつ》れ果てた男に昔日の面影はない。

枯れ枝のような躰を揺すりながらやってくる楊《よう》の姿に、小豊がひっと息を呑む。

「こ、これは楊の旦那。いったいどうなさったんで？」

さしもの莉英の声も上擦ったのは、窯子《ようし》の頃からの馴染みの楊は、今やすっかり荒んだ顔つきになっていたからだ。目は落ちくぼみ、隈《くま》が酷い。膚は土気色で、この世のものとは思えぬ形相だった。

「莉英、莉英……おまえに会いたくて来たんだよ。その膚に触れさせておくれ」

莉英の深衣の裾に取り縋り、楊は懇願する。しかし、彼がこうして東昇閭に押しかけるのは、一度や二度ではない。きっぱりと断らなくてはいけなかった。

「いいえ。覚えておいででしょう？　旦那はツケを貯め込んで返そうとしない。そんな方を、この莉英は相手にできないんです」

己の胸に手を当て、莉英は強気に言い募る。

「莉英！」

楊が哀れっぽい声を上げたものの、心を動かすつもりは毛頭なかった。

未練を断ち切ってやったほうが、この男のためだ。

「遊びたければ遊ぶ資格がいる。それがこの桃華郷の掟《おきて》ってもんですよ」

莉英はぴしゃりと言い切った。

「……頼む、もう一度だけ……」

「何度もいらしていただけて嬉しいですけどね、楊の旦那、それは金のある場合ですよ」

先立っても押しかけてきた楊を四海が厳しく叱って追い払ったというのに、まったく懲りてはいなかったようだ。普通は神仙に怒られればそれなりに恐れを感じるはずだが、この男は図太いのか、それとも、そこまで莉英に執着しているということなのか。

「金のない人間は、窯子であろうと閭であろうと、遊廓じゃ遊べないんです。顔を洗って出直してもらえませんか」

「莉英……！」

男の指先が莉英の袖にかかったが、それを勢いよく払い除ける。均衡を失った楊は地面に倒れ、その激しい勢いに暫く起き上がれなかったほどだ。

「そろそろ潮時ってことですよ」

万事心得た小豊が男を助け起こすと、彼はぎらぎら光る瞳で莉英を睨んだ。

「この恩知らず！　おまえが窯子にいるときから、可愛がってやったのに！」

「だからです。物事には終わりってものがある。お互い、引き際が肝心ですよ」

どんなことにも、終わりがある。

それがわかっているから、人の世は悲しい。一時のぬくもりを求め、人はこうして遊廓にやってくるのだ。

「でも、旦那はそれでも生きていけるでしょう？　私と別れたって……旦那と私のあいだにあったのは、所詮《しょせん》は金だけの躰の関係。死ぬわけじゃない」

今だって、莉英は生きていける。

大我を失っても、ひとりぼっちになっても。

ただ、心は死んでしまった。干涸《ひか》らびて、いつしか粉々になってしまった。

繋ぎ合わせることなんて、もう誰にもできやしない。だけど、そのほうがきっと楽だ。

もう苦しまなくて済むのだから。

「あんなに長いあいだ、おまえを可愛がってやったのに？」

「年数なんて関係ないんですよ」

関係あるのは、思いの深さに違いない。

それは一日で芽生えることもあれば、五年経っても変わらないこともある。

それがどうして、わからないのか。

「――なら……こちらもおまえには用がない」

不意に、彼の顔に乗っていた哀れっぽい色が消える。炯々《けいけい》とした瞳でこちらを見つめ、楊は懐に手を入れた。

「それはよかった、どうか」

「これは餞別だ、莉英」

莉英の言葉を遮り、男はがばりと手を振り上げる。楊はたじろぐ莉英の顔に、何かを押しつけてきた。

強い力で額に押し当てられたそれは、顔を覆う大きさの薄い紙だった。

どういうつもりだろうか。

訝しみつつ振り払おうと思った刹那、楊が莉英から手を放す。同時に、額に押しつけられた紙からぼっと黒い煙が上がってぴたりと顔全体に貼りついた。

呪符《じゅふ》だ！

「うあっ！」

貼りつけられたものを剝《は》がそうと触れたが、熱くて摑めない。

熱い。

「莉英様！」

顔が焼ける……！　いや、溶けてしまう!!

燃えているのか？　嘘だ、怖い。

恐慌を来《きた》した莉英はその場に両膝を突いて、半狂乱で自分の顔に爪を立てた。

「剝がせ！　何を、これは……！」

呪符で視界が不自由な莉英は必死になって紙を引っ張ったが、顔を覆った紙は剝がれず、破れることもない。気味の悪いなまぐさい匂いだけが、あたりに充満する。

「ははは、いい気味だな莉英！」

腹を抱え、正気を失った男は嗤《わら》う。

「おまえの性悪な心根に相応しい、醜い顔になるがいい！」

激痛に躰が震える。

血なのか、汗なのか。熱いものが顎や手から肘を伝い、地面に滴る。

「莉英様！　莉英様！」

小豊が懸命に呼びかけるが、その場に跪《ひざまず》いた莉英はもう動けなかった。

「莉英様……！」

「平気……だ……」

小豊に向かってそう口にしたところで、莉英は気を失った。


——目的を果たしたら、おまえはそのあとどうする？

大我の声が耳奥で谺《こだま》している。

どうするんだろう？　そんなこと、もうわからない。

「…………」

ぴくりと手を動かした莉英は、視界が真っ暗なことに気づいて手を伸ばす。中空を掻くはずの指が見えないのは、視界を塞がれているせいだと理解するのに、暫しの時間を要した。

「気づきましたか、莉英様！」

小豊に声をかけられて、莉英はぼんやりとその方角に顔を向ける。

「小…豊……」

自分のものとは思えぬほどの、か弱い声が喉から漏れた。

「はい！」

小豊は泣きそうな声を出し、莉英の手を握る。

「楊の旦那は……」

「楊様なら、ほかの店の男衆が引っ張っていきました。四海様がきつくお灸《きゅう》を据えたので、もう桃華郷には来ないでしょう」

「──よかった。聚星は無事に出かけましたか？」

聞くのが怖くて、莉英はなかなか本題に踏み出せなかった。

あの嫌な匂い、何かが溶けるような感触。それが夢幻とは思えなかったからだ。

「はい、聚星様も無事に旅立たれました」

「そう……ねえ、小豊」

視界が暗い。それが嫌でたまらない。恐ろしい予感がする。視界を塗り込める闇が、双肩に食い込んでくるようだ。今まで、闇はあれほど莉英の味方だったのに。

「はい、莉英様」

精一杯明るい声で、小豊が問うてくる。

「私の顔はどうなってる？」

「……ッ」

小豊があからさまに息を呑む。相変わらず隠しごとが苦手だと、莉英は心中で苦笑する。これでは水揚げされて店に出るようになれば、さぞや苦労するだろう。

「鏡を」

身を起こした莉英は右手を伸ばし、厳しい声で言った。

「でも、まだ、顔色がお悪いですし」

「いいから、鏡を取っておいで！」

びくんと躰を竦ませた小豊は椅子から飛び上がる。物音からいって、この部屋の片隅にある化粧箱の中から鏡を取り出したのだろう。

「――どうぞ」

莉英が当てずっぽうで頭の後ろに手をやると、すぐに包帯の結び目がわかった。

あれだけ熱かったにもかかわらず、顔は痛くも何ともない。

呪符の効力がどのようなものかわからないが、怪我を負わせるのが目的ではないのか。

指が震え、もどかしいくらいに上手く動かない。

時間をかけて包帯を取った莉英は、意を決して鏡を見やる。

目がなかなか昼間の光に馴染まず、はじめは薄ぼんやりとしか、わからなかった。

やがて鏡に映る自分の顔をはっきりと認識し、莉英は息を吞んだ。

――誰だ、これは……。

醜かった。

莉英の顔には、消えたはずのあの病痕がくっきりと浮かび上がっていたのだ。

前よりも赤黒く、禍々《まがまが》しくも毒々しい色合いで。

「嘘……」

これは悪い夢だ。

莉英は思わず指先でそれをさすったが、何の変化もない。掌で擦っても同じだった。塗料や何かではなく、それは莉英の顔に昔からあったもののように、しっくりと馴染んでいた。

「私の顔……」

恐怖と衝撃に、舌が強張って上手く動かない。

信じられない。信じたくはなかった。

こんな現実が、あるはずはないと思っていた……！

「顔が……」

また、もとに戻ってしまった。醜かったあの頃へと。

いや、違う。

これが本物の自分の顔だ。

一瞬でも手に入れた美貌は、幻なのだ。常々自分は、そう感じていたではないか。

この醜い心に相応しい、醜悪な顔に戻っただけ。

「り、莉英様……」

慰めるように小豊が声をかけてくれたが、莉英は「外へ出てくれ」と震える声で頼んだ。

「でも」

「いいから出ていけ！」

自分でも惨めになるくらいに、尖った声が漏れた。

「はい」

――――もう、おしまいだ。

何もかもなくしてしまった。

金も、美貌も……大我も。

昔と同じ顔になっても、心がそのままなのだから、大我が戻ってくるわけがない。

何一つ、自分には残っていないのだ。

莉英は肩を震わせて笑いだした。自分自身への嘲《あざけ》りの笑いは、そのまま激しい哄笑に変わって部屋を満たす。

折角、すべてを手に入れようとしていたのに。これからは、莉英の時代のはずだったのに。

なんて、呆気《あっけ》ない……。

笑いはなかなか止まらなかった。

その日から、莉英は体調を崩して起き上がれなくなった。

張り詰めていた糸が、ふっつりと切れてしまったのだろう。

僮たちの手で東昇閣の敷地内にある小屋に連れてこられた莉英は、そこで寝泊まりすることとなった。環境は太白家《たいはくや》にいるときよりはましだが、急ごしらえの小屋の中には牀榻《しょうとう》以外に何もない。華やかな調度や客を楽しませる芸術品の類とは、無縁の場所だった。

だが、建物内に病身の遊妓《ゆうぎ》がいるとほかの者が気を遣うので、四海としても莉英を隔離するしかなかったのだ。

「具合はどうじゃ、莉英」

「悪くはありませんよ。顔さえ治れば、躰もよくなるでしょうよ」

「その呪符《じゅふ》の痕……私の術も、薬も効かぬとはなあ……」

しみじみと四海が嘆息する。

大我にすべて渡してしまったので金はなかったものの、客に貢がれた装飾品は数多い。小豊にそれらを売らせて薬を買いにやらせたが、莉英は一向によくならなかった。

「四海様にもどうにもならないようじゃあ、仕方ありません」

身を起こすこともできぬほどに弱ってしまった莉英は自嘲《じちょう》する。こんな己を嘲笑《あざわら》ったところで、相手を痛々しい気分にさせるだけだとわかっていても、言わずにはいられなかった。

「ところでそなた、小豊をここに近づけないそうじゃな」

「役に立たない僮など置きたくありません。何かあったとき、病気をうつしたなんて言われるのもまっぴらですからね」

気力を奮い起こして尖った物言いではねつけると、四海がくっくっと肩を震わせて笑った。

「何ですか」

嫌な笑い方だ、と莉英は憮然とする。

「つくづく、そなたは素直でないのう」

「放っておいてください」

「そんな怖い声を出して、照れるでない。そなたはそこが可愛いのじゃ」

「やめてくれませんか、四海様」

一応は四海を敬っているので、莉英は丁寧な口調を崩さぬように気をつけていた。

そんな莉英に、四海は「まあまあ」と笑って言葉を続ける。

「わしがこの遊廓に来て何百年かはもう忘れたが……決して短くはない人生で、窯子から閻にまで上り詰めた遊妓はそなたが初めてじゃ」

懐かしむような口調だった。

「そうなのですか？」

「そうじゃ。顔が綺麗な者、躰が素晴らしい者、向上心がある者……様々な遊妓に出会ったが、そなたには、ほかの誰も持たぬものがあった。だからここまで来られたのじゃ」

自分にしか、ないもの？　ほかの人間になくて自分にだけあるものとは、何だろう？

莉英は暫し考え込んだが、どうしてもわからなかった。

「わからぬか？」

「わかりません」

あっさりと莉英が降参すると、腰に手を当てた四海は「やれやれ」と肩を竦める。

「自分のこととなると、だめなやつじゃのう。男を手玉に取って、好きに食い荒らしてきたとは思えんぞ」

「そのくらい無神経なほうがいいんです。そのほうが、自分の醜さを見逃せる」

「そなたは常々、自分の心根が醜いと卑下するが、それが悪いことだと思うのかい？」

四海は今の会話の答えを口にすることなく、話を転じた。

「当たり前じゃないですか」

「わしに言わせてもらえば、嫉妬や意地悪さを知らん人間は、大切なものが欠如してるのじゃ。純粋さは、言ってみれば幼さと表裏一体……そなたは醜くなったのではない。大人になったんじゃよ」

四海の言葉は淡々としており、それでいて慈愛に満ちている。

「醜いからこそ、かえってその者が持つ美しい感情が際立つというものじゃ」

「ですが、その醜さと折り合える人間もいる。そうできぬのが、私がいたらない証拠です」

相手が神仙ということも忘れ、莉英は思わず反論してしまう。

自分が醜いのは百も承知なのだ。それを肯定されたところで、居心地がよくなるはずもない。よけい虚しくなるだけだった。

「己の醜悪さを忘れられるのは、鈍さの裏返し。自らの心性から目を背けているにすぎぬ」

それでも納得せぬ様子の莉英を見下ろし、四海は物言いたげに首を振った。

「心の美しさというのはな、己の醜さを知りつつも、それに負けまいと努力するところから生まれる。たとえば、そなたは憐花《れんか》に嫉妬する自分の醜さに悩み苦しみ、それを抑え込もうと必死になったはずじゃ。他人に嫉妬の刃《やいば》を向けたりせぬように葛藤《かっとう》する。そなたの張り詰めた美しさは、そこにあるのじゃ」

「詭弁《きべん》です」

どちらにしても、嫉妬なんて持ち合わせた者は醜いと、莉英はそれを切って捨てた。

「醜さの中からこそ、美しさが生まれてくることもある。そなたはそれを誇ってもいい」

「そこまで強気にはなれませんよ」

「大我《たいが》を追い払ったのも、そのせいじゃろう？　おまえは醜くなっているわけじゃない。年を経るごとに綺麗になっているのさ。それに、人の本質はそう簡単には変わらぬものじゃ。安心するがよい」

さすがに何も言えなくなって、莉英は口を噤《つぐ》んだ。

今更、だ。

だが、神仙として多くの人々を見てきた四海が言うのなら、少しは信じてもいいのかもしれない。思っているよりも己が醜くないというのなら、気休めにはなりそうだった。

「これまでのそなたは頑張りすぎたのだ。少し休め」

「ありがとうございます」

「邪魔をしたな。何かあったら呼ぶがいい」

そう言い残した四海がいなくなると、狭い部屋は急にがらんとしたものに感じられた。

窓も何もない急場しのぎの小屋で、壁からは隙間《すきま》風が吹き込む。時折ばさばさと枝が屋根を叩いたり、何かが落ちてきたりする音が直《じか》に響いた。

懐かしいことだ。昔は、こんなふうだった。

ふるさとで暮らしているときも、太白家にいるときも。ただ、少しだけ楽な生活を覚えてしまったから、慣れるのに少し時間がかかるだけだ。

元気になったら、借金を返す方法を考えなくてはいけない。

今や無一文に等しいし、また窯子からやり直しか。

それにしては薹《とう》が立ってしまっているが、そのあたりは致し方ないだろう。

――大丈夫だ。苦しくなんてない。一人きりになったことも、淋しくないはずだ。

また、昔に戻っただけじゃないか。大我を知らなかったあの時代に。

涙が滲みそうになるのを、莉英はぐっと堪えた。

涙なんて捨てて、ここまで来たのだ。

ここで泣くのは間違えている。一生懸命やってきた自分自身に対して、失礼ではないか。

いいんだ、これで。この幕切れが、自分には似合いなんだ……。


「せんせい、ありがとうございました！」

粗末な衣を着込んだ子供が、大我に向けて大声で叫ぶ。

丘の麓《ふもと》から千切れそうなほどに手を振られ、自然と大我の口許にも笑みが浮かんだ。

「ああ、気をつけてな」

小鳥たちがねぐらに戻るべく、空を埋め尽くして飛ぶ。大我は自分のもとに読み書きを学びにきた十数名の子供たちを送り出し、ひらひらと手を振った。

「さようならー！」

「また明日な」

子供たちは大我にひどく懐いており、なかなか帰ろうとしない。毎日顔を合わせているのに、こうして長々と別れを惜しみ、時には「帰りたくない」と泣きだすこともあった。

それだけ慕ってもらえるのは、本望だった。

彼らの思いが、大我の心にある淋しさを少しは埋めてくれる。

小高い丘の上にある小屋は粗末だが、居心地は悪くなかった。故郷にほど近い邑《むら》は桃華郷のように気候が安定して、随分あたたかい。冬も過ごしやすいだろう。

「すっかり板についたようじゃのう」

背後から声をかけられて、どきりとした大我は反射的に振り返る。

そこにいたのは、大きな耳飾りをつけた童子だった。

「し、四天《してん》……様……」

「そなた、どうしてわしの見分けがつけられるのじゃ？」

四天は驚いたような顔になり、大我の顔をじいっと見つめる。

「子供を相手にするのは得意なんです」

「ふむ……何だか腹立たしい返答じゃのう」

それでも四天は怒ることなく、大我が案内するまま小屋に向かった。

「そなたの授業、窓から見ておったぞ」

「え……それは……」

逆襲された大我は、思わず言葉を失う。

「得意は武芸だけではないのじゃな。そういえばそなた、確か、いいところの出だったか」

「一応は。子供の頃に習ったことが役に立つとは、思ってもみませんでした」

「用心棒もいいが、こういうのも悪くはなかろう」

四天は声を立てて笑った。

「かもしれません。――今宵はお泊まりになりませんか、四天様。私の手料理なんぞ、食べたくないかもしれませんが」

「おお、それはよいな。そなた……」

大きく頷いた四天が口を開きかけたので、大我は澄まし顔で「酒もありますよ」と言う。

四天が何のためにここを訪れたのかはわからないが、火急の用事というわけでもないようだ。のんびりもてなしたかった。

「莉英はどうしていますか？　今や東昇閤の看板になりましたか？」

「……うむ」

途端に、四天が歯切れの悪い口ぶりになった。

「莉英はもう、閣にはおらぬのじゃ」

もしや、落籍されてあの郷を出ていったのだろうか。

莉英が誰かの手を引かれて郷を出ていくところを、大我は思い描こうとする。

不思議なことに、大我の想像する莉英は、いつも子供の頃のままだった。

醜くて腫れぼったい目をして、それでも言いつけどおりに大我を見つめようとする、ひたむきなままの。


この小屋に来て、何度目の夜になるだろう。

楼閣《ろうかく》からは、胡弓のしみじみとした音色が聞こえてくる。おそらく、小豊が弾いているに違いない。胸に染み込むように、哀愁を帯びた旋律だった。

上手くなったたな……。

莉英の口許に、自《おの》ずと微かな笑みが浮かぶ。

これほど静かな気持ちでこの音色を聴くのは、初めてだった。

あんなに肩肘を張って暮らしていたことが、馬鹿みたいに思えてきた。

莉英なんていなくても、どうということはない。この世界は平穏無事に回っていく。莉英の自尊心を支えてきたものは粉々に砕け散り、もう、支えも何もないのだ。

かたりと扉が開く音が聞こえ、莉英は身じろぎしようとした。だが、今となっては力が入らず、最早動くこともできなかった。

「莉英」

四海の声に、莉英はなぜか安堵する。

死を司る神仙がお迎えに来たのだろうかと思ったが、四海の声がするのであれば、まだだ。こんなふうになっても、生に執着する自分が愚かだと思う。

「四海様。すみません、起き上がれなくて……」

このところますます体力が落ちた莉英は、牀榻の上で起き上がるのもやっとだった。

たくさんの装飾品や着物をとうに売り払い、今や莉英には薬を買う金もなかった。

あるのは、かつて憐花がくれた簪《かんざし》だけだが、紅玉が嵌ったこの簪だけは売りたくない。素直に言えなかったけれど、自分なりに憐花を大事に思っていたのだ。初めての弟分が選んでくれた贈り物が、嫌なわけがなかった。

「構わぬぞ」

燭台《しょくだい》を手にした四海は、それを枕元に置いてくれる。ぼうとした光に目が馴染むと、狭い小屋の入り口まで見えた。

「あの音色、小豊でしょう？　あとで私の胡弓をやってくれませんか」

「おまえの？　名人の品だと、大事にしてたじゃろう」

莉英が芸を習うにあたって、大我がわざわざ手に入れてくれた胡弓だ。だが、大切にできる人に渡したほうがいい。小豊ならばうってつけだった。

「小豊のほうが上手く弾けますよ」

莉英は思い入れなどないと言いたげな声で告げ、大儀《たいぎ》そうに身を起こした。

「苦しそうだな。昨日よりも弱ってるようだぞ」

「大したことありませんよ。で、今夜は？」

そろそろ出ていけと言われてもおかしくはない立場だ。病人を抱えていては、ほかの男妓たちの精神衛生にも悪いだろう。

「――じつは、な」

声を落とした四海の言葉に、莉英は覚悟を決める。

「そなたを買いたいという者がいてな」

「私を？」

どういう冗談だろうと、莉英はくすりと笑った。

「ご冗談を。病気の遊妓なんざ、買っても意味などないでしょう。嘲笑いたいなら別ですが、元気になるまでは愉しませることはできませんよ。ほかの男妓はどうなのです？」

「おまえでなくては嫌だと言われたのじゃ。おまえを落籍したいのだとか」

「…………」

あまりに馬鹿馬鹿しい申し出に、声が出なかった。

「そういう酔狂なやつがいるからこそ、生きていくのは面白いのさ。——入れ」

四海の声のあとに乾いた足音が聞こえ、横たわっていた莉英ははっとした。

「莉英」

小屋を出た四海と入れ違いに入ってきたのは、この郷にいるはずのない男だった。

嘘だ。

自分は幻でも見ているのか。

躰が強張る。舌が震えて、動かなかった。

「久しぶりだな、莉英」

大我……！

彼の凜々《りり》しく張りのある声に、鼓膜ではなく心が震える。

「どうして……」

やっとそれだけを絞り出した莉英は思わず両手で顔を覆い、大我の目から自分を隠そうとした。こんな顔、見られたくなかった。絶対に。

「笑いに来たんですか。この無様な私を見て」

苦しかったが、気力を振り絞って強気そうな声を出す。

「いいや。四天様におまえが病気になったと聞いて、戻ってきたんだ」

「やめてください。こんな醜い顔、人様に晒して喜ぶ趣味が私にあるとお思いですか」

顔を両手で覆って俯いたまま、莉英は尖った声で言い放った。

「ないだろうな。だから来たんだ」

対する大我の声音は、いつもと同じように優しい。

「私が弱ったところを見たいなんて、悪趣味ですね」

辛辣《しんらつ》な嫌味のつもりだったが、大我はまるで動じなかった。

「そうだな。おまえは一度も、俺に弱味を見せなかったから。こういうときくらい、見せてくれても罰《ばち》は当たらないだろう？」

大我は軽く笑うと、莉英の牀榻の傍らに膝を突いた。

「莉英、ここから出て一緒に暮らそう」

真剣な声音が、顔を覆い隠したままの莉英の鼓膜を擽《くすぐ》る。

「……どうして」

「この郷の空気は、おまえの心と躰を蝕《むしば》む。おまえをここから出してやりたい」

思わず信じてしまいたくなるくらいに、真摯な口調だった。だが、大我の責任感の強さに流されて、惨めになるのは御免だ。

責任なんて、もう果たさなくていいのだ。

「そんな義理、今更ないでしょう」

「馬鹿。義理じゃないだろ？」

大我は呆れたように呟いた。

「じゃあ、何だって言うんですか」

莉英は大我の言葉を鼻で笑うと、覚悟を決め、顔を覆っていた手を外す。

燭台の光の下で莉英の顔が露《あらわ》になる。しかし、大我はそれを真っ向から見つめたまま、決して視線を逸らさなかった。

「愛してる」

鼓膜を打つのは、今の自分に与えられるには過分な言葉だった。

勘違いしてはいけない。自分と大我では、抱いている情の種類が違うのだ。なのに、弱っていた心は脆くて、その力強い声に騙《だま》されてしまいそうになる。

「……やめてください」

我慢できなくなった莉英は、とうとう顔を背ける。こんな顔になった今、哀れみゆえに聞かされる台詞《せりふ》には、耐えられそうになかった。

「最初からずっと、おまえだけを好きだった」

「あんたが欲しがってたのは弟じゃないですか」

「俺の弟はこんなに生意気じゃないよ」

議論をすり替えようとしたが、おかしそうに大我は笑って、莉英の痩《や》せ細った手に触れる。

それを振り払う力さえ、今の莉英にはないのに。

大我は、不意に真顔になって口を開いた。

「許してくれ、莉英」

「何を」

「あの夜、おまえが俺の手を振り払ったから、おまえの意思を尊重するのが優しさだと思って諦めたんだ。でも違った。俺は……おまえにもう一度ぶつかるのが怖かったんだ。おまえに拒絶されるのが嫌で、勝手に結論を出してこの郷を出た。臆病《おくびょう》なだけだったんだ」

あたたかく穏やかな声が、心に染みていく。

「だって、私は男妓です。この郷でしか生きられません」

「そんなことないだろ。試してないのに、決めつけることはない」

弟とは違う意味で愛しているなんて言われても、簡単には信じられない。

「私は……もう昔の私じゃない。優しくもないし可愛くもない。意地悪で、嫉妬深くて……」

「昔のおまえも、今のおまえも、全部ひっくるめておまえだよ。俺とおまえで、いつだって二人三脚でやって来たのに、どうしておまえだけを責められる？　おまえがそうやって振る舞うようになった原因は、俺にもあるんだ」

「……でも……」

「俺が間違っていた。許してくれ、莉英。おまえを見守ることが優しさだと信じて、おまえを止めなかった。おまえがぼろぼろになっていくのに、気づかないふりをしてた」

大我が手を伸ばし、莉英の躰をぎゅっと抱き寄せる。大きな掌が、二の腕から背中にかけてをゆったりと往復した。

「本当のおまえは、いつだって……どんな場所にいても、懸命に自分らしく生きようとしていた、ちっちゃな莉英のまんまだったのにな……」

背中をさする大我の手が、優しい。そのあたたかさを、振り払えない。

「おまえは一番大事な心だけは、誰にも売らずにいてくれた。そうだろ？」

「売れるはずないじゃないですか。こんな、醜いもの」

「綺麗だよ。世界で一番、おまえは綺麗だ。おまえの心より綺麗なものを、俺は知らない」

飾らない大我の言葉に、涙が零れそうだ。

閨《ねや》以外では、絶対に泣かないと決めていたのに。

「顔だってこんなで……」

「全部ひっくるめておまえだって言っただろ。おまえは可愛いよ、莉英。今も昔も、おまえが一番可愛い」

最初に可愛いと言ってくれたのは、大我だった。

それは光だった。

彼の注いでくれる情愛は星のように、月のように、宵闇に閉ざされた世界に暮らす莉英を常に照らしてくれた。

どんな些細《ささい》なところでも褒められるのは嬉しくて、誇らしくて。

言葉には人を幸せにする魔力があるのだと、あのとき知ったのだ。

「一人の男として、おまえが欲しいんだ、莉英。もう俺を拒んだりするな」

熱っぽい声が鼓膜を擽り、莉英は大我を睨みつけた。

「私の身請けなんて、できないくせに。こちとら借金まみれなんですよ」

強がる声は、すっかり震えてしまっている。そんな莉英に、大我は声を上げて笑った。

「金ならあるよ、安心しろ」

「どうして」

「用心棒をしながら貯めてたし、それに、おまえがくれたじゃないか、餞別に」

大我は懐をぽんと叩いた。

「さあ、もうわかったろ？　おとなしく俺のものになれ」

「――大我……」

ずるい。こんなときに、一番大切な言葉をくれるなんて。

莉英は言葉もなく、大我の肩に顔を埋める。こうなると、もう堪えられそうにない。

とうとう涙が溢れ出し、止まらなくなってしまう。

背中を震わせて無言で泣く莉英に、大我は何も言わず、背中をさすってくれる。

本当はずっと、ずっと、大我だけを待っていた。

金でも地位でも、欲しいものはそんなものではなかった。

誰にも青林《せいりん》のことを忘れてほしくなかった。それは、本心だ。

だけど、それ以上に、自分が一番になることで大我が満たされるのならば、そうしたかった。愛情なんてもので、自分が大我を幸せにできないと思い込んでいたから。

大我のために、莉英のすべてを捧げてもよかった。

願いはいつも、一つ。

愛しい人の幸せ——それだけだったのだ。

13

東昇閭《とうしょうりょ》一の名妓、蔡莉英《さいりえい》がついに落籍される。

その噂は、桃華郷《とうかきょう》中を駆け抜けた。

落籍の宴は盛大なものになるということで、その日は東昇閭は休業となった。

莉英がすべきことは何もなく、薔薇の花びらを浮かべた風呂でゆっくりと湯浴《ゆあ》みをするように言われた。髪を梳《す》き、膚を揉んでやわらかくする。

莉英はかつてのように艶やかさを取り戻した髪に簪《かんざし》をつけ、重く煌びやかな装身具で全身を飾り立てた。勿論、前髪は上げて娟麗《けんれい》な美貌を露にするのを忘れない。

この日のために莉英が選んだのは、濃い真紅の深衣だった。裾からは薄紅色の単衣《ひとえ》が覗き、金色の糸で刺繍がなされたそれは、莉英の白皙の美貌を存分に引き立てた。

「綺麗ですね、莉英様」

頬を上気させた小豊《しょうほう》は、うっとりとした顔で莉英の髪を結い上げるのを手伝う。

「ありがとう」

小豊に褒められて、莉英は唇に微笑を浮かべる。

「あの痣が跡形もなくなるなんて、驚きました」

「私もだよ、小豊」

いくら必死で薬を塗り、あるいは飲んでもどうにもならなかった痣は、大我が看病してくれるうちに日に日に薄くなっていって、今はまったく残っていない。

「四海《しかい》様は心の問題だとおっしゃっていた。人を醜くするのも美しくするのも、すべて心がけ次第だと」

「はい」

どうしてあんなに頑固だった痣が、消えてなくなったのか。

それをしきりに不思議がる莉英に、四海が真実を教えてくれた。

呪符の効力は、莉英の躰でなく心を蝕んでいたのだ。

己を醜いと厭わしく思い責め立てる心が、莉英の姿かたちにも影響した。それは痣という、莉英の最も恥じるかたちで浮かび上がったのだ。そして心の問題だからこそ、原因を莉英が克服しなければならず、結果的には四海にも治すことができなかった。

だが、これから先はもう平気だろうと言われ、莉英は安堵した。それに、痣があっても構わない。ありのままの莉英を、大我《たいが》が認めてくれるとわかったからだ。

「さあ、行きましょう、莉英様。宴の時間です」

「うん」

大広間に向かうと、既にたくさんの人々が酒宴を始めている最中だった。大我は床に腰を下ろし、僮《どう》たちと上機嫌に話をしている。

「莉英が来たよ。昔よりもずっと美しいじゃないか」

「なんて綺麗なんだろうねえ」

ひそひそと客や遊妓《ゆうぎ》たちがさざめくのを聞きながら、莉英は静々と大我のもとへと向かう。

「お待たせしました」

「ここに座れ」

宴の席に行くと、大我が愛しげな瞳で莉英を見つめ、自分の傍らを指した。

黒の衫《さん》に鮮やかな刺繍をした帯を締めた大我は鬚《ひげ》はそのままなのに、ますます男ぶりを増したようで見惚れてしまう。

「今日は一段と綺麗だな、莉英」

「当たり前です。この郷で一番を目指していたんですから」

莉英の言葉に、大我は「それもそうだ」と人懐っこく笑う。

「今日は小豊の演奏を聴いてやってくださいな。とても上手くなったので」

莉英の楽器を与えられた小豊は前よりもいっそう技芸を磨くべく努力し、殊に胡弓の腕前はめきめきと上達した。

どこか哀切を帯びた曲を奏でることに優れ、耳を傾けているうちに涙が零れてくることもある。今日は小豊も一張羅を身につけ、すっかり張り切っていた。

「おまえが人のことを褒めるとは、思わなかったよ」

「たまにはいいでしょう？　おめでたい日なんですから」

「へえ、めでたいと思うのか」

大我に混ぜ返されて、莉英はむくれて口を噤む。

「そういう顔も可愛いぞ」

「可愛い、なんて……」

「皆に珍しいところを見せてやれ、莉英。これが最後なんだからな」

「……はい」

こうなったら取り繕いようもないと、莉英はこっくりと頷く。

本当は、まだ疑っている。自分は、夢の続きにいるのではないかと。

己が大我に落籍されて、彼のものとなってこの桃華郷を出ていく。

あまりの幸福に、とても信じられなかった。

宴はあまり長引くことがなく、ちょうどいい頃合いで莉英たちは部屋に引き上げる。莉英の部屋は、かつてと変わらずに素晴らしい調度が残されていた。莉英が病気のあいだも、四海はそのままにしておいてくれたのだ。

彼の心遣いが、つくづく身に染みた。

「お酒、飲みますか」

莉英が振り返って問うと、榻《ながいす》に座っていた大我は首を振った。

「いらない」

「じゃあ、何を……？　お茶でも？」

小首を傾げる莉英に、大我が小さく笑った。

「間怠《まだる》っこしいことは言わずに、おまえの閨に招待してくれよ」

真っ直ぐに自分を見つめる大我の瞳に、微かな欲望が兆《きざ》しているように思えて、躰の芯が火照ってくる。

「珍しいことを」

そんなふうに直接的な表現を大我が使うことは滅多にないので、どこか新鮮だ。

「そうか？　俺をもう待たせるな」

「……仕方ありませんね。小豊、もう休んでいいですよ」

戸口に立っていた小豊に声をかけると、彼はぺこりと頭を下げた。

「はい、おやすみなさい、莉英様」

二人だけになると、緊張が込み上げてくる。

心臓の音が、大我に聞こえていないだろうか。

「こちらへ」

莉英はそう告げると、玉簾《ぎょくれん》を掻き分けて大我を閨へ招き入れた。

「まずは、」

服を脱がせてやろうと振り返った莉英の顎を唐突に摑み、大我が唇を押しつけてくる。

「……ッ」

躰の中を、熱いものが貫いた。

一気に全身が昂り、性感が跳ね上がる。

接吻なんて……初めてだ……。

大我に唇を重ねられ、貪《むさぼ》るように激しく吸われる。それだけで膝から力が抜けそうなのに、大我は莉英の唇の隙間から舌を差し入れてきた。

「…ん、んっ」

顎に、大我の鬚がざらりと触れるのが心地いい。

最初に大我に言われたとおり、唇は誰にも与えたことはなかった。

男のものをどれほど口に含もうと、膚を辿ろうと、唇だけは自分のものだった。

心は売っちゃいけない。そう言った青林《せいりん》の気持ちが、今ならわかる。

大切な人に捧げるものだからこそ、心は誰にも売れないのだ。

「は……ッ……！」

漸く息継ぎをできたと思ったのもつかの間、もう一度顎を摑まれて接吻に引き戻される。

「ん、ん、んーっ」

大我の肉厚な舌が莉英のそれに触れたと思った瞬間、じいんと頭の奥が白くなった。

射精を伴わない軽い絶頂を迎え、莉英は頽《くずお》れそうになる。

「意外と初心《うぶ》だな。接吻は……初めてか？」

「……いけませんか」

むっとした莉英が大我を睨みつけると、彼は余裕ありげに喉を震わせて笑った。

「いや。嬉しいよ。何もかもおまえの初めてなんだな、俺は」

「……っ」

そんな恥ずかしい台詞を言われたことがなく、莉英は真っ赤になった。

「いつもおまえに乗っかられてたからな。今日は俺がおまえを、腰が抜けるまで可愛がってやるよ」

大我はそう言うと、恭しく、それでいて強引に莉英を牀榻《しょうとう》に組み敷く。彼は丹念な刺繍が施された莉英の帯を器用にも一息に解き、それを床に投げ捨てた。

「あ…っ」

深衣の前を大きくくつろげられて、莉英の白磁のような膚が現れる。このところ臥《ふ》せっていたせいで肉が落ちていたが、膚の艶は変わらずにきめが細かかった。

ついで、大我がもどかしげに己の衣服を脱ぎ捨てると、彼の鍛えられた肉体が露《あらわ》になる。

あんなに何度も抱き合ったのに、立場が邪魔をしたせいか互いに全裸で膚を重ねたことはなく、妙に気恥ずかしい。彼に触れたくて手を伸ばしたが、彼は「お預けだ」と言ってそれを許さなかった。

「言ったろ。俺がおまえを可愛がるってな」

顔を寄せた大我が、莉英の胸の中央あたりにくちづける。それからすぐさま彼は顔を右にずらし、莉英の胸の飾りに唇を押し当てた。

「は…ッ…」

いきなり胸を責められるとは思わず、一息に感度が跳ね上がった。

「ここ、相変わらず弱いな」

昔に比べて色が濃く、大きくなった乳首を執拗《しつよう》に舐められる。

「…だれ、が……ここ……」

「俺が開発したんだ、莉英」

大我が与える懊悩《おうのう》に身を捩《よじ》っているうちに、簪が外れて髪がばらばらになる。解《ほつ》れた長い髪が牀榻でうねり、膚にまとわりついた。

「…っ……は、ふっ……」

おかしい。

気持ちいいのは、乳首だけではなかった。

大我は勿論、これまでに数多《あまた》の男たちに躰を弄《いじ》られたことはあるのに、今夜は特別だ。はじめから脳が沸騰しそうなくらいに、全身が昂っている。

大我が触れるところ、触れるところ、全部が気持ちいい。

こんなに感じる箇所があったのかと、自分でも戦《おのの》くほどに。

「大我…っ…」

何とか主導権を握りたいのに、臍《へそ》のあたりにくちづけられて、力が抜けてしまう。大我は手を下腹に伸ばして勃《た》ち上がってきたそれに愛しげに触れ、尖端《せんたん》の部分を指でさすった。

「……やめ……」

「おまえからやめろなんて言葉を聞くとは、思ってもみなかった」

揶揄する口調が憎らしいのに、対処できない。

「嫌…、大我……やだ…っ…」

こんなに乱れてしまうのは、自分じゃないみたいだ。

まるっきり躰に力が入らない。恥ずかしくてたまらなかった。

「あんっ……あ……やあっ」

莉英の焦燥などお構いなしに大我が花茎《かけい》を口に含んだ刹那《せつな》、一際激しく躰が震える。

大きな波に抗《あらが》えずに、莉英は呆気《あっけ》なく達していた。

「……莉英。濃いな、おまえ」

体液を呑んだ大我が口許を拭い、もう一度それを頬張ろうとする。

「大我、だめ……っ……」

「どうして」

音を立てて尖端の孔《あな》にくちづけられ、中に残っていた精液を啜《すす》られる。それだけで腰の奥がじわじわと疼き、また熱がそこに集まってくる。

「あぁ……ッ……や……っ……待って……」

「すごい感じ方だな、莉英。光栄だ」

気持ちいい。よくて、よくて、おかしくなりそうだった。

だが、溺れてばかりもいられない。

何とか身を起こした莉英は、きっと大我を睨みつけた。

「こ、こっちにも矜持があるんです」

「だったら、俺のをしゃぶってもらおうか。その代わり——俺がおまえにするよ」

「……ええ」

提案された体位はさすがの莉英も滅多に取らない体勢で、大我としたことはない。しかし、これ以外に主導権を取り返す手立てはないから、乗るほかなかった。

意を決して大我の顔を跨《また》いだ莉英は、身を倒して彼の性器に指を這わせる。

既に男のものは熱く反り返っており、莉英は手始めに孔の部分を愛しげに吸った。

指でふくろをあやしつつ、舌先でかたちを辿る。

「んむ……ん、んっ……んんー……」

頬張ると、口いっぱいに大我の味が満ちるようだ。

「美味《おい》しい……」

うっとりと呟いた莉英は、更に熱を込めて奉仕を続ける。しかし、大我の無骨な指が蕾に触れた途端、びくんと躰が竦んだ。頤《おとがい》が跳ね上がり、口淫を中断してしまう。

「やっ…まだ、そこ……あんっ……」

「こんなにひくつかせてるくせに、それでも嫌だって言うのか？」

「ちが…う……大我…ッ」

こうなるともう奉仕はできずに、莉英は大我の腹部に頭を乗せて身悶《みもだ》えするほかない。

「楽にしてろ、莉英。尻も虐めてやるから」

抗えずに言うとおりにすると、太い指が莉英の秘所を探るように入り込み、襞の熱を確かめていく。

すごく、よかった。大我と直に膚が重なっているだけでも、たまらなく快《い》い。

「ほら」

再び大我に頰張られて、莉英はたまらずに男の頭に伸ばした両手を添えた。

「だめ……腰、動いちゃう……」

勝手に、と莉英は口ごもる。

「いいから、動かせよ」

一度顔を上げた大我が、許しのための言葉を発する。それに安堵した莉英は躊躇いがちに自分の腰を揺すって、大我の熱い口腔を味わった。

すぐになけなしの余裕が消え失せ、莉英は夢中になってしまう。

「あ、あつい……大我、すご……あ、あっ……あァっ！」

まるで、自分の性器で大我の口腔を犯しているみたいだ。弾けそうなほどに熱いそれを持て余し、男の口に花茎《かけい》をめちゃくちゃに突き入れてしまう。こんなことをしてしまうのは初めてで、莉英の躰はますます昂っていく。

そのあいだも大我に尻を弄られて、羞じらいに躰中が火照ってくるようだった。

「大我、だめ……放して……もう、いく、いくっ」

また達してしまったことが恥ずかしくてならないのに、二度目の警告も大我は聞き入れてくれずに、莉英のそれを飲み干す。

もう、我慢できなかった。

莉英は改めて大我の腿《もも》のあたりに乗り、愛おしげに大我の性器に触れた。身を屈《かが》めて何度もそれに唇を押しつけ、大我に挿入をせがむ。

「大我、もう、して……挿《い》れていい……？」

こんなふうに心の底から人に頼んだことはなく、遊妓失格かもしれない。

自分が自分でなくなってしまうようだ。

なのに、どうしてなんだろう。今日はそれが、怖くなかった。

「俺が欲しいか？」

「うん……」

「いいぜ。ただし、俺に跨《また》がるのはなしだ」

同意した大我は身を起こして、再び莉英を牀榻に横たえる。大きな手で莉英の細い足首を摑んだ大我は、莉英の両脚を己の肩のあたりまで持ち上げた。

これでは隠すところもないが、もういっそ、全部見せたほうがいい。

「挿れるぞ」

「挿れて……」

躊躇いなく大我は莉英の秘所に熱い猛《たけ》りを当て、勢いをつけて中に押し込んできた。

「…あ…ああっ！」

逞しいものがみしみしと音を立てながら、中に入ってくる。かつて大我に教わったとおりのやり方で躰を緩めながら、莉英は懸命に彼を受け容れた。

「うあ…ん……あんっ…はいる……はいって……」

硬い楔が敏感な襞を抉るようにして、隘路《あいろ》を進んでくる。熱く火照った襞はぎちぎちと性器を締めつけてしまい、時々大我が苦しげに息を漏らす。それにまた感じ入ってしまうのだから、我ながら重症だ。

「は…ぁあ、……あ、は……」

首を振るたびに、結《ゆわ》えていない髪が褥に散らばる。

「苦しいか？」

莉英は「ううん」と否定した。

「少し狭くなったのかもな。このところ、してなかったんだろ」

「あたり、まえ…です…」

振り絞るように言った莉英をからかい、大我が更に言葉を重ねてくる。

「一人遊びくらいしてもよかったのに」

「そ、んな……わけ……ッ！」

声がまたも揺らいだのは、話しながら大我が勢いをつけて奥に潜り込んできたからだ。

「ほら、全部……入った」

「うくう……ッ……」

苦痛に喉がひゅうと鳴る。

「やぶける……すごい、大我……おっきい、おっきくて……硬い……っ……」

頭がおかしくなりそうだ。

こんなところを大我でいっぱいにされて、もうこれ以上隙間がない。

縋《すが》りつくところが欲しくて、莉英は大我の腰にしっかりと脚を絡める。そして、大我の肘のあたりを両手で摑んだ。

「こっちにしがみつけよ」

囁いた彼は身を屈め、自分の首に腕を巻きつけるように指示をする。

「……動くぞ」

いつになく大我は性急で、莉英の返事も聞かずに、いきなり動きだす。過敏な肉を巻き込むようにして腰を回され、あり得ない動きに莉英の声が上擦った。

「あうっ！　あ、あっ……なに、これ……っ……」

躰の奥深くから生まれてくる快楽が、莉英の指先までをも痺れさせる。

気持ちよくて、気持ちよくて、全身が燃えるように熱くなる。

「どうした？」

問いかける声が、とても優しい。

「すごい……すごい、大…我……きもちいい……」

下手をすると、理性が飛んでしまいかねない。

こんなふうに、熱く激しく他人と交わることがあるなんて。

「深い、そんな……あ、あっ……まだ入る……もっと、もっと……！」

ぐちゅぐちゅに蕩《とろ》けている部分を性器が擦《こす》り上げて、莉英の躰をよりいっそう溶かしていく。男の腰に必死で脚を絡め、意識を失わないようにするのが精一杯だった。

「ごめ…なさい……」

「何が？」

「どう、すれば……いいか……」

「馬鹿。ものすごく快《い》い。気持ちいいよ、莉英」

技巧をろくに使えぬ莉英を慮《おもんぱか》る大我の声に凄まじい色が滲んでおり、それが真実だと裏づけている。それだけで、安心できた。大我も感じてくれていることが、嬉しかった。

昂った下腹のあたりから生まれる途方もない快楽が、胸の先や指先までをも浸潤する。そこから何かが溢れそうなほどに、莉英の性感は蕩けきっていた。

「動いて、もっと…、つよく、して…っ…」

「ああ」

息を荒らげながら、大我がますます力強い抽挿《ちゅうそう》を開始する。逞しいものに巻き込まれて肉襞が引き攣《つ》れ、その凄まじい突きが臓腑《ぞうふ》にまで届きそうだ。

「あ、あっ、あ、アっ……あんっ……ああっ、ああっ、あっあッ！」

中を穿《うが》つ大我の動きに合わせて声が零れ、揺れてしまう。

「莉英、可愛いよ」

囁く大我の言葉も、まるで熱を孕《はら》んだようだ。

「…いい、いい……いいっ……」

嬌声を上げる莉英の唇を、大我が塞いできた。

「ん、んんーっ」

たまらなく、いい。彼の唇を貪りながら、必死で腰をくねらせる莉英は快楽と幸福に溺れる。

「出して、大我……中、出してっ」

「そうだな。出すぞ」

掠れた声で宣告する大我の声が、とても愛しい。

これが、金でなく愛で抱かれるということなのか。

「うん、いく……いっしょに、……あ、あ、……ーッ！」

熱いものが中で弾ける。低く呻《うめ》いた大我が達すると同時に、莉英も極めていた。

ただの莉英として、心から彼と寄り添い合えるのは初めてだ。

宵闇はひとえに、人の醜さを隠すためにあるのではない。

その中で虚飾を捨て去り、相手と契りを交わすためにあるのだと、莉英は漸く知ったのだった。


小鳥が囀《さえず》る声が、大我の耳に届く。

もうだいぶ前に目を覚ました大我が牀榻に眠る莉英を見下ろしていると、彼がぴくりと身じろぎをした。

「ん……」

眠たげに目を擦る莉英は、まだ現実に戻っていないようだ。

「おはよう、莉英」

「……大我」

莉英は夢うつつで呟き、そして、唐突に頬を染める。白皙の膚が色づくように染まる瞬間を見られたのは、かなり貴重だった。

「何ですか。そんな……じろじろ見て」

「朝陽の下で、おまえを見るのは久しぶりだ」

大我が微笑すると、莉英はむっとしたように「こんな起き抜けの、みっともない顔」と不

満げに呟く。

「馬鹿だな、莉英」

みっともないとか恥ずかしいとか、今更どうしてそんなことを考えられるのか、そのほうが、大我には不思議だった。

「何が」

「おまえはいつだって、可愛いよ。莉英、おまえが一番可愛い」

大我の飾りのない言葉を聞いて、莉英は頬を染める。

最初から、莉英が一番だった。出会ったときから、莉英を可愛いと思っていた。

顔という皮一枚の美醜ではなく、もっと深い部分で。

「どんな顔だって、性格だって、おまえが一番なんだよ」

そっと手を伸ばして莉英の輪郭を辿ると、その手に触れた莉英は視線を落とす。

「……やっとわかりました」

改めて大我の手に自分のそれを重ねた莉英が、やがてぽつりと呟く。

「何が？」

「私はこの郷の人間が持っていないものを持っているって、以前四海様がおっしゃったんです。そのときはそれが何かわからなかったんですけど、今、やっとわかった」

独り言のように告げた莉英が、それから、俯きつつ続けた。

「あなたです」

「俺？」

「私にはあなたがいた。どんなときでも私を支えてくれた、あなたが。だから、ここまで……」

もう、我慢できない。

そんな可愛いことを言われて、何もせずにいられる男がいるだろうか？

微笑んだ大我は莉英を組み敷き、その唇を塞ぐ。

「ね……ちょっと……」

接吻の合間に莉英が切れ切れに訴えたが、頓着してやるつもりはない。

「俺がおまえを落籍したんだ。少しくらい図に乗っても、いいだろう？」

狼狽する莉英が可愛くて、大我は彼にもう一度くちづける。

人一倍淫技には長《た》けている莉英であっても、接吻だけはひどく拙《つたな》い。

その落差は、莉英が頑《かたく》ななまでに唇を守ってきた証《あかし》だ。

もう二度と離れぬことを契るかのように、二人は熱く甘いくちづけを交わすのだった。

あとがき

こんにちは、和泉です。

このたびは『宵闇の契り』をお手に取ってくださって、ありがとうございます。

本作は『桃華異聞《とうかいぶん》』シリーズという作品の第二弾となります。基本的に一話完結なので、どこからでも入っていただけると思います。

今回の主人公・莉英《りえい》は私好みのツンデレなのですが、いろいろつらい過去を背負っています。そんな彼がどうやって上り詰めるかを描いた話なのですが、いかがでしたか？

こんなに本格的に男娼でいいんだろうかとか、外見描写の配分等にかなり思い悩みつつも、楽しく執筆しました。特に濡れ場では、何かスイッチが入った気がします（笑）。

また、大我《たいが》は私の書く攻ではあまりいないと思われるタイプの優しい人物なので、こちらも新鮮でした。二人のすれ違い、楽しんでいただけると幸いです。

このシリーズは中華風無国籍ファンタジーということで、用語等もマイ設定で何もかも好きに書かせていただいています。そして、じつは新書のリンクスロマンスで展開している

『神獣異聞《しんじゅういぶん》』シリーズと同じ世界観になっています。『神獣異聞』は陽都の国々で起きる話を描き、この『桃華異聞』は陽都の中でも桃華郷を舞台にした話を描いております。どちらもよろしくお願いいいたします。

　このシリーズはもう少し続けさせていただけるのですが、次は、前作『宵待の戯れ』でたくさんのリクエストをいただいた彩夏《さいか》の話を書きたいと思っています。ご意見ご感想など、お聞かせいただけますと幸いです。


　それでは、最後にお世話になった皆様に御礼を。

　まずは、麗しいイラストを描いてくださった佐々成美様。毎回、佐々先生のイラストを拝見するのを原動力に執筆させていただいております。いつも、細部に至るまで丁寧に描いていただき、本当に眼福です。特にカラーイラストでは、二人のあいだに漂う空気やあまりの色っぽさにどきどきしました。雰囲気ある二人を描いていただけて、大変幸せです。そして、キャララフに書き添えてあった衣装や髪型の細かい設定は、なるほどと思うと同時にとても嬉しかったです。次回もどうかよろしくお願いします！

　担当のO様、ピンチヒッターでお手伝いしてくださったS様をはじめとして、この本の制作に携わってくださった皆様のおかげで、こうして無事にかたちになりました。どうもありがとうございます。

そして最後に、いつも応援してくださる読者の皆様に、心より御礼申し上げます。
それでは、また次の本でお目にかかれますように。

和泉　桂

【主要参考文献】※順不同
「中国五千年　性の文化史」邱海涛・著　納村公子・訳（徳間書店）
「中国遊里空間　明清秦淮妓女の世界」大木康・著（青土社）
「妓女と中国文人」斎藤茂・著（東方書店）
「中国性愛博物館」劉達臨・著　鈴木博・訳（原書房）
「中国服装史」華梅・著　施潔民・訳（白帝社）
※作中で出てくる歌は、京劇『覇王別姫』の『楚歌』を参考にしています。

✦初出　宵闇の契り……………書き下ろし

和泉桂先生、佐々成美先生へのお便り、本作品に関するご意見、ご感想などは
〒151-0051 東京都渋谷区千駄ヶ谷 4-9-7
幻冬舎コミックス　ルチル文庫「宵闇の契り ～桃華異聞～」係まで。

幻冬舎ルチル文庫

宵闇の契り ～桃華異聞～

2009年1月20日　　第1刷発行

✦著者　和泉　桂　いずみ かつら

✦発行人　伊藤嘉彦

✦発行元　株式会社 幻冬舎コミックス
〒151-0051 東京都渋谷区千駄ヶ谷 4-9-7
電話 03(5411)6432[編集]

✦発売元　株式会社 幻冬舎
〒151-0051 東京都渋谷区千駄ヶ谷 4-9-7
電話 03(5411)6222[営業]
振替 00120-8-767643

✦印刷・製本所　中央精版印刷株式会社

✦検印廃止

ISBN978-4-344-81524-7　C0193　Printed in Japan